詩韵心聲

施昌林 著

郑州大学出版社

图书在版编目（CIP）数据

诗韵心声 / 施昌林著 . — 郑州 : 郑州大学出版社 ,2023.1
ISBN 978-7-5645-9392-6

Ⅰ . ①诗… Ⅱ . ①施… Ⅲ . ①诗集 – 中国 – 当代
Ⅳ . ① I227

中国国家版本馆 CIP 数据核字 (2023) 第 006698 号

诗韵心声

SHIYUN XINSHENG

策划编辑	呼玲玲		封面设计	山水悟道
责任编辑	王晓鸽		版式设计	黄　莽
责任校对	陈　思		责任监制	李瑞卿

出版发行	郑州大学出版社		地　　址	郑州大学路 40 号（450052）
出 版 人	孙保营		网　　址	http:// www. zzup. cn
经　销	全国新华书店		发行电话	0371-66966070
印　刷	明玺印务（廊坊）有限公司			
开　本	710 mm × 1000 mm 1 / 32		彩　页	3
印　张	7.625		字　数	133 千字
版　次	2023 年 1 月第 1 版		印　次	2023 年 1 月第 1 次印刷
书　号	ISBN 978-7-5645-9392-6		定　价	65.00 元

本书如有印装质量问题，请与本社联系调换。

施昌林

施昌林夫妇合影

施昌林夫妇金婚留念照

施昌林与孙女、孙儿合影

《诗韵心声》序：暮云寒夜 秋雨缠绵

这本诗词集是作者 2019 年 11 月至 2021 年 4 月写成的作品集，书中以绝句、律诗以及词组成。本书反映了作者的内心情感世界，也有作者对祖国发生的翻天覆地的变化描写，还有身边亲朋好友以及旅游抒怀等作品。

《诗韵心声》顾名思义诗为心声；韵：本义是和谐悦耳的声音，是诗词格律的基本要素之一；在现代汉语中常用义为风度、情趣、意味等。而我还认为：所谓"诗为心声"，谁言寸土心，乃一诗字。而繁体字"詩"是有"言"和一个"寺"组成。李白崇道，王维、苏轼向佛……诗人要常去寺庙走一走，参禅悟道是感悟，爬山涉水是修行，心存善念是基本，心中有爱才能创作出人性作品。

中国是一个诗的国度，诗歌在中国古代文化艺术体系中，一直拥有极其重要的地位。她语言生动而凝练，短短十几字却蕴含着诗人丰富的思想情感。例如古诗中富于暗示的"近水楼台先得月，向阳花木早逢春。"也有直抒胸臆的"古来征战几人回。""靖康耻，犹未雪。臣子恨，何时灭。壮志饥餐胡虏肉，笑谈渴饮匈奴血。"例如作者："荷花枯尽西风起。一片寒冬意。河边白鸟觅餐艰。""秋雨缠绵，寒烟冷落。""暮云寒夜早，秋色雨声危。""三湘一水飞花气，五岭千林接雨声。""实现神州梦，家园美貌清。只有乡村好，方知岁月盈。"作者富于诗词的表现手法，其诗词读后留有想象的空间，因此诗词美丽动人，余韵悠远，令人回味无穷。我们在懂得诗词所表达的意思后，都会为诗词的美所打动，并且能够从中汲取到丰富的精神力量。而作者在本书有很多纪实性诗词，在一定程度上，给了我们很多当代可查资料。在欣赏作者诗词抑扬顿挫的音律之美时，还能体会到丰厚的精神内涵。通过作者的作品我们看到了诗词既有感情作用，也有社会作用，正所谓"抒情达意"，利用诗词承载历史，传播文明、传承诗词文化，这就是作者的初衷。因为诗词是中华民族的瑰宝，这些无不透露着作者深沉的人文情怀。

这本古体诗词集内容积极健康，传播正能量，作者文以时代而歌之，诗以时代而颂之，内容丰富，本书一方面是作者在社会活动中和日常生活中，对映入眼中事所产生的感想，遂即成诗，无论言志还是抒情，无论怀古或是写景，都是有感而发之作，字里行间都流露出为乐观向上的豁达的人生态度，凝聚了作者的无限深情。愿更多的人和我们一起读诗，写诗，传播诗词。

是为序。

黄莽
2022 年 8 月于北京

黄莽：别称诗道，清风居士，号山水悟道，字泓子，曾用笔名龙儿；作家、诗人、音乐唱作人、出版人；崇尚"佛心道为"，中诗协创始人，科技强国智库成员，榜样人物紫金奖获得者，中国管理科学院商学院客座教授，获"当代中华诗词发扬特级贡献奖""中华诗词文化传承人""诗词中国"最具影响力诗人等荣誉。

争创一流 农村学校

——记上海青浦区凤溪中学校长施昌林

上海青浦区凤溪中学是一所农村初级中学，与市区同类学校相比，它基础薄弱、师资力量不强。但值得称道的是，该校在校长施昌林的科学管理下，校风正、学风活，学生合格率、升学率已连续两年在农村学校中排名第一。

施昌林校长从教已 33 年，不论是作为普通教师还是校领导，他始终奉行"育人先育己"的原则，先后就读于上海电大数学专业、中华全国律师函授中心法律专业、上海教育学院政教专业等，取得了优秀的成绩。他撰写的 30 多篇论文发表在各级刊物上，有 10 余篇被编进了国家级的大型文集。

在他的带领下，该校形成了良好的学习风气。三年前，学校开展了"多媒体"教学活动，将学电脑、学美术作为一项改革工作来做，使学生们的学习积极性空前高涨。同时，施昌林校长注重培养学生独立工作和独立解决问题的能力。学校由此涌现出一大批优秀的学生干部，其中一些人如今已走上了镇、区领导岗位。另一方面，施昌林校长也十分重视师资队伍建设，加强对青年教师的培养，鼓励教师继续学习并引进外地青年教师，学校师资力量不断加强，学校的建设也由此上了一个新台阶。

　　施昌林校长辛勤的耕耘，换来了丰硕的教学成果。凤溪中学教学水平不断提高，教学质量稳步上升，博得了良好的社会声誉。

　　　　　　摘自《人民画报》二〇〇二年第五期

目录
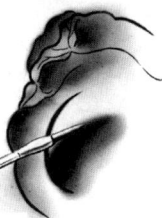
contents

卷 一
诗

卷　二
词

· 17 ·

卷一

诗

春　游

池小水清明镜照，河深树静快然仙。
柳花陪我狂青路，却去山头鸟噪边。

送　别

轻荡柳条池水断，半含梅蕊眼前愁。
郁心送你依归去，斜影残阳道上惆。

学　诗

古稀无事写诗吾，进去谁知变酒徒。
试问痴翁多少醉，几时吃饭老婆呼。

小令分享

小诗十首说家常，腹内原来汉语荒。
何日了休烦琐事，飞花逐水点萤光。

诗韵心声

清明节

上巳彩霞红，清明暖日融。
默哀英烈士，祭念历朝公。
东夏千年远，西方一带通。
春光无限美，月色梦追雄。

江南夏韵

翠绿依红醉，星辰断雨凉。
云移林草闪，风带野梅香。
雷电高声烈，烟霞远影妆。
江南皆柳色，夏景韵花光。

童年夏夜捉迷藏

夏夜微风定，佘山远处茫。
月生高柳树，星满藕花塘。
暮色环天地，浮云去四方。
翩游萤火舞，戏喜躲猫庄。

儿媳生日

芙蓉立柳塘，媳妇似朝阳。
荷叶依流水，梅花绿淡妆。
盈盈人赞美，落落笑谈方。
儿子同心伴，生辰宅院芳。

无　题

庭院仙球好，亭台倒水塘。
新秋花瘦影，永夜散幽香。
美女登楼远，英雄举酒觞。
人生多挫辱，甜辣苦酸尝。

白　露

早夜较柔凉，天高白露茫。
西风花果醉，落日客来庄。
鸿雁临时别，牛羊到处冈。
晴云人快意，轻雨倍频忙。

习惯成自然

寒来飞影雁，昨夜雨窗惊。
已是头边雪，何妨梦里清。
风高无踪迹，日落起虫声。
天性多年后，人常习养成。

老来学诗

飞花斜日岸，远棹驶烟舟。
雨后山林绿，河边落雁悠。
朦胧波影去，寂寞夜光投。
岁月催人老，诗书笑我修。

中秋夜

蓝天皓月光，佳景仲秋芳。
如画迷人兔，无言满地茫。
浮生朋友悦，世事有情商。
花好团圆夜，根深祝愿康。

打工者乡愁

城区工架地，凉月照吟台。
秋色黄昏景，斜阳绿树呆。
文章因果展，事业远游来。
眼界朝高处，乡愁陡起唉。

人生多雨露

茫茫银汉路，落落有神仙。
寂寞双星起，徘徊一水川。
人生多雨露，世事尽云烟。
若是真情好，风波怎阻连。

上进心头愿

游人千里至，野鸟落山坡。
江水东流去，鱼书感慨多。
文章非我有，事业是家锅。
上进心头愿，他乡岁月歌。

深　秋

田野牛鸣起，园林鸟聚争。
稻香寒露候，虫语晚霞盈。
霜落冬来近，天高夜月明。
不经风雨炼，谁识假真情。

儿时好友

心宽人万里，影在想无边。
晚岁逍遥意，平生得失烟。
光阴催鬓老，日月破愁天。
梦境游神庙，儿时好友联。

白发回首伤

往事人生路，惊心世态凉。
年轻贪恋懒，我亦有时狂。
起落闲新旧，逍遥见醉乡。
青梅常忆尔，白发首回伤。

迎元旦

魔来毒祸猖，搏战骇涛航。
日月谁知苦，山川罕见伤。
新年风雪美，旧岁水云狂。
元旦如歌喜，青春寄语芳。

2021 年元旦祝福

岁月如歌美，烟霞对笑悠。
匆匆艰雨去。脉脉苦云收。
元旦佳期至，人生远意谋。
新年朋侣好，烦恼水边休。

青春宝贵

落日阳红小，眠云海色端。
苍茫归路渺，寂寞酒杯酸。
风雨故人去，光阴往事残。
青春珍宝贵，白首味闲安。

人生奔波中

花径移明月，林梢尽晚红。
送君愁落日，归路断秋鸿。
但见抛开爽，谁知有意匆。
人才修炼早，生计百忙工。

盼　归

大雁东风舞，浮舟对水虾。
碧波清浅见，白鸟去来沙。
客醉烟迷处，人归月照家。
离愁郎已远，幽梦好寻花。

忠良善

书山勤路走，学海苦辛舟。
壮志凌云说，雄心捉月修。
平常消日子，自在去人愁。
坚信忠良善，无辞白满头。

过　年

辞旧接霄夜，人寰快意仙。
草葱杨柳道，山碧水云天。
行酒杯盘溢，焚香笑语千。
新春康好祝，守岁晚朝联。

新年祝福

辞旧新风舞，欢声酒醉肠。
新年邀月饮，除夜落梅香。
但祝人人好，偏宜事事芳。
烦愁都化去，大运普红光。

抗疫中过年

鼠年凄病疫，奋战复年芳。
魔鬼神州赶，神魂皓月乡。
今霄含笑夜，感慨有情央。
爆仗余声在，屠苏数盏光。

前景好

增粮心底有，生计喜欢声。
绕水游新意，开门见远情。
人民寒暖记，岁月笑啼明。
抗疫抓松散，扶贫再去争。

牛年奋蹄

岁月明眸照，牛蹄奋向前。
回瞻来处路，迥指去时烟。
应对惊涛起，追随瀑布翩。
精神烽火炬，信念若青砖。

雷锋纪念日

生命虽然去，精神世代妍。
一心修好事，百岁益今天。
滴水随何处，飘香逐万年。
雷锋追念日，永远爱民先。

三八妇女节

春雨无边细，潇潇赞女芳。
桃花红艳美，梅蕊素英香。
抗疫高歌进，扶贫战地忙。
女神天顶半，家里你雕梁。

春雨露营

淅沥烦心雨，山林冷翠葱。
露营湖景夜，暗里杏花红。
无奈清颜去，全非故迹雄。
村庄鸡犬静，英秀淡烟融。

坚持维护群众利益

实现神州梦，家园美貌清。
推求全体富，风雨百年明。
只有乡村好，方知岁月盈。
坚持群众利，不忘党心声。

诗韵心声

赞扶贫

尽是心头肉，无非血泪浓。
爱民情意赞，怀远梦魂踪。
千万家庭幸，连天野径凶。
扶贫佳口好，日夜苦勤侬。

莫逞强

成功岂可狂，失败努争方。
人喜千秋好，谁知一夜伤。
贫穷何所惧，富贵莫须猖。
没做亏心事，天天睡得香。

初心不忘

韶光偏好短，白首老来悲。
岁月人生去，风霜自古随。
暮云寒夜早，秋色雨声危。
奋斗前方路，初心感动追。

诗韵心声

归　家

云收雨断河舟送，风起尘飞夕照葩。
春晚月明烟水去，日高山静树林鸦。
悠然柳絮轻盈舞，自在晴丝点缀花。
船驶远方归意定，对杯怀旧客心家。

元宵节

今日元宵无笔彩，月光冷淡亿家村。
嫦娥举目朦胧暗，玉兔回头树下蹲。
万个卧床躯肺病，千名急赴众医屯。
军人出手擒妖孽，帐下灯明计策跟。

五一浙江游

春风五日匆游路，车去淳安到处芳。
新笋冲天根底固，旧芦枝老眼前黄。
青山绵绕幽怀尽，涧水潺流曲泻洋。
白鸟沿河寻觅索，鸭儿池里斗嬉忙。

芒 种

耕种初来夏景忙，田园布满绿苗秧。
麦枯旷野追风袅，豆翠轻烟逐日黄。
闪电破云明四海，雷声隆耳画弧光。
杨梅圆润红千树，辛苦农民一惯常。

青浦好风光

千寻青浦好风光，十里桃花展逦芳。
岸绿淀山湖泛影，流波朱练翠①葱妆。
送人丝柳惊鸿起，迎客翩飞白鹭翔。
新草铺茵涂浅色，曲池玩景恰时方。

注释

① 朱练：指朱家角、练塘两个古镇。

山湖美

翠叶飞花好夏光，疫情逃去百工忙。
依人孩子怜鱼鸟，照水田园见野芳。
放眼四时充美色，回头两岸有扶桑。
湖山到处成仙景，桃杏红蓝果婉庄。

诗韵心声

美丽家乡青浦

上海西门青浦美，河溪交错蟹虾争。
遍周苍翠莺翔舞，连野潺湲透底清。
时见田边飞小鸟，不知径里倦蜂醒。
信流引到花深处，水色湖光彩霭盈。

孙儿十岁生日

今是孙儿初度日，亲人团聚举杯香。
十年弹指匆驰去，六月拈花贺酒堂。
小大聪明奇士汉，生成文雅素心肠。
未来风雨还充满，但祝平安顺利航。

人生老去

燕子飞翩明月柳，鱼虾悠转在池塘。
回风大树声鸣苦，骤雨幽兰语吐殇。
翁媪清晨携对影，儿童深夜躲猫场。
云烟匆去花还皎，岁月悲歌远梦伤。

宽容为好

丝絮藤萝千绕树，梅桃菊蕊满街香。
蛙声池水如鸣鼓，雨后花丛蝶舞忙。
闪电风来雷阵响，浮云底下避凶阳。
勇于担负男儿志，万事宽容莫逞狂。

恰到好处最宜时

东海波涛洒雪花，西山寒叶乱窗纱。
春来景美身年少，风里情深客访家。
月下篱边人易念，堂前座上品香茶。
酒酣微醉心舒倦，恰到黄时就破瓜。

悟透名利

桃李斗芳争美皎，绯红雪色各清妍。
儿童结草追游绕，江上临风好鸟翩。
客路送春辛苦雨，故园随梦笑翻天。
人生悟透功名利，心底无私自在仙。

月下怀人

一串玫瑰红夏日，挂丫枝满绽时妆。
惊鸿展翅随云去，娇凤归来带雨凉。
世事岁寒恬淡利，心情欢喜酒浓香。
花前痛饮能沉醉，月下怀人断客肠。

七·一庆党生日

建党壮龄周九九，南湖代表小舟宣。
几时岁月沧桑变，万里神州雨雪天。
血染中原生死继，魂归故里咏歌千。
初心牢记临危上，飞梦人民利益坚。

中国胜利

风雨百年宣告立，诞生宗旨给民康。
秋收起义枪声烈，晓坐频飞捷报忙。
大海行安归舵手，神州舟稳党挥航。
初心牢记人民志，自我清除毒草常。

荷塘月色

天淡月明星闪烁，荷塘红染尽花骄。
绿油碧叶边无际，青黛黄昏却勿妖。
玉露香飘情已醉，银河影落意清韶。
白云笑靥频繁送，金贵芳心美韵描。

老来相陪

雁尽碧天无限远，青山依约万年葱。
落花飞絮归来渺，流水浮萍逝去东。
檐下双鸠幽话语，溪边独鹤旧交匆。
欣尝美好环球景，感遇寻常老伴终。

为　人

仲夏雷声飞电闪，登楼街道变成洋。
落花寂寂随风袅，流水潺潺向下方。
旧事烟云天似远，离情星斗起愁伤。
心灵积善仁慈好，百岁人生老去光。

记取朋友忠告

黄梅时候潮添闷，绿叶低垂泻水咚。
人事飞烟幽鸟语，世情浮月赏花容。
飘零迹远千辛影，寂寞心怀万里踪。
友谊常存良药苦，相知最贵劝言恭。

中国不畏疫情永载史册

暖日迟迟花朵袅，春风细细早耕耙。
今年人世民多卒，二月江城疫倍加。
最美飞仙拼死战，为先逆旅捕拘渣。
乌云已去蓝天碧，赤子精神永远夸。

思远人

明月垂垂帘隙透，洒涂细细翠晶光。
斜飞枝叶嫦娥诉，千里烟霞玉兔伤。
对酒梦云知己去，怀人风雨远游郎。
归魂一寸愁麻缕，弱质孤灯整旧妆。

天问一号首次成功飞向火星

茫茫宇宙异无形，沌沌迷团怎识灵。
远客地球飞上路，孤吟天问射红星。
穿云破雾千霄去，踏月垂虹万里聆。
一次完成巡落绕，九穹秘密洞开屏。

念故友

清晓随游杨柳岸，日生湖面吐红莲。
江声脉脉徐风醉，草色悠悠美境仙。
对酒情怀来此夜，惜花踪迹去经年。
忆郎故友今垂老，贪梦迟留话旧千。

上海西大门——青浦

上海西门青浦美，水乡特色木浆声。
从容四季莺追恋，摇曳千年树老争。
鸡黍桃溪芳草绿，田园竹径野烟轻。
迎来时代新机遇，沪苏浙连三角成。

心怀善良

哗哗不尽下平川，半夜迷蒙罩野田。
暴雨浮云花落地，孤舟飞鸟柳江烟。
灯前闪电雷惊吓，帘外清风月闭天。
坏事休容安睡好，心怀美意法无边。

立　秋

四季交移常有序，立秋时候换新妆。
碧纱帘外青禾秀，清梦阶前大枣香。
蟋蟀入林声近远，鹧鸪绕树韵低昂。
葡萄甜美谁人品，翡翠轻飞袅画廊。

与老友游荷塘

八月池塘满是红，翠微秀色媲颜葱。
烟含杨柳依依窈，雨洗梅花点点融。
携手游湖年老景，知心饮酒似顽童。
语谈岸畔眉须笑，岁事波涛一眨匆。

追逐名利苦

东方欲晓展红霞，群鸟金声透幔纱。
秋日来临还乍热，夕阳去远乱飞鸦。
清风舞起河边树，流水舟轻岸上家。
一点名高追恨苦，四时云雨送千花。

淀山湖大桥旁

淀水桥边明月挂，碧流轻浅到农家。
蹒跚脚步波涛远，寂寞光阴草木花。
人世几多萍散聚，长江不尽雁飞霞。
回头满目甜酸苦，过眼浮生落日鸦。

郎在远方

千丝杨树晓霞投，朝露沿枝缓慢流。
河上垂条开口话，风前芳草捧心修。
醉乡几个花边倒，梦境无穷叶底悠。
人在天方还记否，故居遥遥玉容柔。

包容万象

江南烟雨片时休，塞北关山自在牛。
惊讶黄花孤影景，梦回白发数声愁。
绿杨摇曳云连絮，芳草苍茫月照丘。
大海深深包万好，长天莽莽亿星投。

七　夕

闪闪天高银汉老，瑶池寂寂梦儿搜。
二星万里波涛巨，双鬓千年话绪愁。
岁晚仙人江上等，寒深织女水边眸。
多情今古匆团聚，数句新诗笑自由。

深情难忘

双雁来回池上觅，群凫断续影斜迢。
到家顺水扬帆旅，新酒随时入座逍。
念远情怀陪友去，凭高踪迹九天遥。
古今灯市痴迷事，昼夜茶楼自在聊。

诗韵心声

摈弃烦心

落花水送见秋光，明月含羞照四方。
一曲轻歌披紫雾，千灯夜静忆风霜。
湖边草树莺声语，竹外烟霞鸽子伤。
摈弃烦心何许好，清波山鸟快哉庄。

教师节

尊师百姓自然情，事业千年远利名。
三尺讲台鸿笔手，一生乡梦此身清。
春丝方尽香灯小，秋月无心雨露萦。
桃李多多匆去老，人才济济喜充盈。

看淡利禄

水色白鸥翔岸掠，山光黄鸟入林肥。
花边漫说轻盈语，月下常怀话腹非。
绿鬓朱颜残雪去，青春皓首返家扉。
成功失败平常事，看淡人生利碌归。

与好友每日问好

白鹭池塘眠月下，云霞过雁碧山前。
雕栏夜话西风静，画栋乡音故里烟。
流水钟声归去响，落花树影客居迁。
小时常记童情在，每日微言喜晚年。

身处境逆休退步

月辉晃动在江湖，鸟雀双飞夜宿株。
蝉唱声声天热意，鸥群静静水边徒。
东风杨柳莺啼乱，落日关河客醉孤。
身置时艰休退缩，一生胆气画新图。

男儿立志自当强

病魔消灭语声洋，客路游人络驿忙。
秋水微微无酒醉，白云淡淡有诗乡。
相期笑指平生事，一见回眸昨梦刚。
男子眼前宏伟志，丈夫笔下万金光。

诗韵心声

长三角青浦

岸边杨柳弄轻柔，青浦城姿眼底秋。
古木清泉风自舞，小桥芳树日常悠。
往来河道双栖鸟，南北溪花并蒂幽。
独坐莲心融美景，关情微笑淡然修。

2020 年中秋国庆同天喜

佳境登楼遥故里，夜来对酒月斜光。
中秋国诞同天喜，好景花前共美芳。
制度优优龙起早，文明浩浩鹤飞庄。
无惊霸主欺诬我，不改孤边日去殇。

随　想

烟霞袅袅落舒红，岁月无声一去匆。
花径幽香烟外语，竹林孤影耳边嗡。
夕阳满地村田道，秋水连天野渡东。
斗志凌云虚若谷，冰清玉洁藕莲忠。

牵　挂

月访千林匆遽渺，风悲小草岁孤茎。
泪痕深院郎西去，云影寒花独鹤声。
日照村园归雁路，雨收远近野鸥鸣。
诗成牵挂人常在，梦断天边往事萦。

中国抗疫成效显著制度好

庚子疫情灾祸恼，魔妖病气水凶川。
神州儿女齐心力，异域河山暮雨天。
一战江城康健起，三冬流水畅通绵。
何缘古土翻苏快，党的初心百姓先。

得失寻常

月映千山照世情，风摇小草客身轻。
露浓幽径离人远，花落清泉独鸟声。
地僻村前归去路，夜深雨后老来明。
出何足吝收无喜，得失寻常努力争。

梦断登楼心有意

夜色霜光星闪点，天边淡月带斜辉。
云霞满眼流沧海，烟水伤怀去日晖。
梦断登楼心有属，愁深对酒笑装归。
人生在世多忙苦，踏尽崎岖幻想非。

万物之灵足智高

美酒持杯话絮唠，黄花入画有言滔。
江波不碍千峰去，山色何妨二水涛。
云鹤忽惊灯影挂，露蝉正喜雨声淘。
地球生命真奇贵，万物之灵足智高。

烦恼皆因硬抬头

落英随水入溪流，陌上秋来下雨愁。
正在桂香千里远，安知月好万家投。
菊花有意亲人喜，鸿雁无心拜舞休。
事故只因多浅见，麻烦皆是硬抬头。

严寒过尽绽春红

平生报主见英雄，世态炎凉自烁匆。
岁月别人霜落处，儿孙征路有多忡。
去来书剑无成苦，今古文章未老攻。
莫道浮云常蔽日，严寒过尽绽春红。

细流归大海

秋深桂树浓香缕，清浅斜川水涧通。
多变江湖霞色景，总虚身世古今匆。
月明院静垂灯挂，花落墙低上酒融。
涓细溪流归大海，长河不尽远遥东。

魂消天外地

落霞漫步远郊游，鸿雁欢呼好个秋。
白发看云人苦笑，青春听雨起离愁。
自然过眼黄花景，何必多情一棹流。
莫道魂消天外地，可怜梦破有声啾。

快乐在心态

雨声破晓惹杨花，绕岸双鸢舞影沙。
离恨诗成前写叶，旧游望断落流霞。
知音远道来寻访，得句初飞爱此家。
心境宽容常快意，利名何必计争呀。

平安与健康

飞絮红花随处是，残梅绿树水珠凉。
古今多少英雄事，桃李清明感慨伤。
孤鹤鸣哀惊梦断，片云去远百千肠。
人生名利驹投隙，唯有平安与健康。

心挂宇航员

梅雨多来逐见凉，日斜沉去夜深庄。
荷翻小浦秋风起，芋熟青山落叶塘。
环顾白云浓淡色，遥瞻银汉断连光。
无边宇宙飞船隐，心挂英雄在际航。

成败化云

心知人去暗伤非，无语遥瞻好友微。
万里江山时见在，百年彷像晚烟飞。
弄潮川上多情月，牵梦窗前抱影挥。
天下英雄名后代，古今成败化云归。

事业需专心

田父落霞斜日去，渔人垂钓小池塘。
秋风疏木群山影，夜月孤云远水方。
青鸟雨声诗句断，白鸥人语病愁伤。
成功事业专心意，艰苦攀登战雪霜。

秋　思

野鹤鸣声高羽起，林莺对舞豆蓉香。
三山飞雁烟霞影，一路惊鸿草木芳。
青雀江南愁夜雨，还家溪上见寒霜。
举杯邀月孤斟酒，无尽秋潮万里伤。

反　思

江心水泛翠苍烟，远道回家守旧年。
随梦顿消芳岁老，忆归忽动夕阳前。
青山美景诗歌处，白首清吟意气千。
开口不谈无妄语，闭门反顾做人妍。

异乡寄思

异乡劳动寄离情，无奈心随夜梦生。
夕照弄妆沉自落，秋风迎客送黎明。
断云片片飞山月，归雁轻轻隔水声。
不见老梅冰雪苦，犹闲寒草吐香清。

沉醉美景

烟迷柳岸小虫爬，闲往亭楼览彩霞。
树上嘤嘤争二鸟，湖边落落乱千花。
桃红叶绿连成片，竹翠青山白首家。
万缕阳光金韵细，游丝绊若晓风鸦。

诗韵心声

抗疫脱贫精神

蓝天绿水境仙优，高铁山河我你游。
战疫中原寒日少，脱贫故里野风沟。
生机蓬发垂成早，壮志无声再启舟。
回顾英雄威四海，投身事业献才谋。

抗疫扶贫双胜利

亿家疾苦在心房，至上人民送暖庄。
静静东南斜月影，悠悠远近细风乡。
百年变故今遭遇，万里归流草木香。
抗疫扶贫都大喜，初衷牢记赶前航。

慎名利

致远人前名利慎，临危身后雨风声。
骏骓奔走家千里，大鸟栖迟路九程。
壮志凌云虚若谷，微躯对酒勉多争。
玉光冰雪尘无染，银汉烟霞涅火生。

无　题

失欢何必记心房，坚韧居然美景芳。
真理无声吞谬误，至诚应可补增香。
在朝不尽民忧处，方醉因知气数常。
岁月萧条游客少，功名粪土远山昂。

正　气

人生立志后龙飞，我辈修身辨若非。
巨富高官须掩袂，多情老伴互牵衣。
一腔正气除奸诈，两袖清风映月辉。
浪可冲堤持贵久，无私但见岁朝威。

修身养性

积善修身多喜至，健康长寿起飞天。
心头无念闲云海，眼底愁生尽碧烟。
日暮山高魂魄苦，家贫地僻子孙贤。
兴随庭院花开落，静坐楼台又想前。

无　题

一丛杨柳万条丝，古道羊肠诉苦僖。
长忆此身惊故土，空留当日自怜痴。
黄花坛上犹疑巧，红卉窗前共笑奇。
学海交游心亦喜，书山潇洒老来时。

谦之慎守

鱼蟹满池流水绕，稻花翻雪鸟啼边。
重阳已去深秋色，客梦登高落日仙。
微醉半醺窗外雨，别时相约树梢烟。
正其末者端其本，诱导谦之慎守千。

坚　信

回乡有梦亦多愁，月照关情未始休。
花底香飘孤馆客，水边馨入故园丘。
子规老去霜枝叶，精卫春来各处游。
千里迢遥双脚下，起航坚信党旗牛。

无　题

生命坎沟风雨苦，别途无迹让人伤。
只缘离恨成羁绊，便觉来游旧故乡。
孤月湍流东野渡，美花山色少陵觞。
枝繁叶茂青松翠，遵纪躬身率性刚。

携孙踏青

翠绿红花光景好，疫情渐去踏青忙。
依人孙子嬉啼鸟，照水田园弄草芳。
放眼高楼添美色，回头远树有浓香。
农村今日成仙地，携带孙儿到野庄。

中秋国庆重叠日

佳境登楼遥故地，晚来对酒月明光。
仲秋国寿团圆巧，好景花前祝愿昌。
故里迅雷消病疠，山川一战去贫康。
任由西美千篇恶，一意孤边失道亡。

农村桃源地

微风惬意树葱廊，秋水涓涓溢满塘。
野鹤惊飞波影乱，村鸡巧啭渡舟忙。
小船渔父樵歌晚，幽路钟声鸟语庄。
世外追求清静地，深山临碧藕花乡。

春 游

一村桃树红妆绕，千里朝云去后宽。
感遇春光无限好，忧时清梦有情盘。
金黄片片追随处，鸭绿丝丝笑语欢。
细柳晨风新碧水，夕阳晚照小楼栏。

新年又远行

制度优良成就巨，扶贫抗疫二赢红。
多年辛苦花争好，千里归来意自通。
兄弟无私浓淡守，古今有道浅深忠。
天开掀舞新春页，岁在精神逝水匆。

诗韵心声

莫贪婪

老去无心儿幼忆，少时偏喜害疯颠。
村前柳下嬉湖水，户外墙头袅暮烟。
云锁春光风静处，梦驰野色月明天。
知谦常好人生态，切莫贪婪后祸连。

随　想

平生努力立言坚，岁事惊心雨雪前。
年少无知花底影，老成有恨泪痕沿。
归来景物尝新巧，去后音书至味怜。
走进深山寻好友，踏荒崎路激情千。

农村脱贫

烟柳水深昏暗处，风花日晚做工忙。
胸怀大气容天下，心迹清风泛四方。
乘势潮头开好景，用人月底有情商。
攻坚脱困边区战，振奋农村快悦康。

随　想

昨夜寒潮冷雨狂，气温骤变草生霜。
宿禽急就回归住，游客风流浥露庄。
远远高天云绕浩，深深苦海雪翻翔。
平凡也有优言闪，伟大终能九转光。

努力少年时

朔风尽日绕残枝，明月携云映乱丝。
夜静孤吟年少乐，天寒多病老苍姿。
自流涓处成千顷，空负黄金大好时。
万里行程蹄铁下，一朝宏业骏驹驰。

他乡当干部

皎月幽亭水照前，家乡别去暮云天。
细书多少愁侵事，飞语清明世变宣。
赤子万人初意守，画船四海苦心连。
一身正气急民吏，两袖高风白净肩。

诗韵心声

中秋国庆同日

塞雁归巢翠羽生，野禽对恋舞姿盈。
三湘一水飞花气，五岭千林接雨声。
明月神州魂梦断，白云沧海古今情。
中秋国诞双来美，百姓团圆喜满萦。

清明缅怀逝者

警报长鸣神古国，红旗半挂亿家悲。
山河鸣响英灵悼，日月凄凉万众眉。
江水停流肠断寸，春风吹唤泪千垂。
低头往事忠怀念，昂首初心永记随。

与缓琪老同学微信问好摘录

杨柳垂垂湖静悄，村边处处百花悠。
长风缥缈河光动，飞雨苍茫草摆头。
野鹤归巢枝叶伴，青山入夜雪霜愁。
东西分两微言语，同事情真问好柔。

与高中老同学微信问好

三年同室似川流，七月离开母校楼。
斗转星移时已变，云寒露冷事成收。
谁怜风雨容颜老，自笑梅花雪下悠。
初志依然仍未改，与兄微语问无休。

卷二

词

虞美人·同里河边

荷花枯尽西风起,一片寒冬意。河边白鸟觅餐艰,孤苦徘徊寻食、水生烟。

清晨水面珠花起,时冒鱼儿鲤。偶游同里上楼观,街道绕河连水、橹声船。

画堂春·在古镇同里看古戏梁祝

小河交错水盈盈,石街沿绕河清。退园冬景越台笙,观众神倾。

楼阁戏台依旧,朱檐梁祝愁萦。悲欢离合苦多情,常态人生。

苏幕遮·风雪游黄山

怪松斜,栖鹃悄。云海翻腾,山上霜凇妙。仙境黄山飞雪袅。风雪无情,挺立奇松杲。

裹银装,浓淡巧。美景黄山,脉脉留人老。洁白晶晶飞絮兆,表里澄清,处世光明皎。

破阵子·阴雨霏霏

阴雨霏霏冷射，风霜故故寒惊。西霸招阴香港乱，中国坚强反制争，奉陪到底赢。

江水滔滔东去，梅花寂寂顽生。罔顾事由颠黑白，恶意侵伤我国声，不能得逞成。

翻香令·开州脱贫建生态茶园

巴山南麓密林多，雾都一片土肥坡。开州地，扶贫在，绘美图、郁馥叶茶波。

百山生态绿园陀，万年茶岭吐新禾。白茶岭，茶香久，采茶忙、听笑语欢歌。

钗头凤·时间推移朋友渐行渐远

芍凋夏，麻枯夜，日月交梭人故舍。九天凉，四洋遑。企瞻情谊，故友垂芳。茫！茫！茫！

寒烟化，游丝嫁，寸光推逐情丝乍？少年狂，壮年忙。路遥朋友，自是流亡。伤！伤！伤！

点绛唇·宁波雨易山庄

雨易山庄,翠葱幽径追风柳。小山茶诱,亭子轻风叩。

游客进山,小阁烹茶友,香味透。茶林漫走,倒影池塘守。

阮郎归·宁波奉化西坞古镇

古风西坞水弯湾,流波交错环。林梢挂月染青山,水边亭阁闲。

长亭老,石桥磐。街坊换了颜,斜阳穿柳拂朱栏,年光流水般。

破阵子·四明山李家坑古村

盘绕山坡曲路,回湍涧底潺涓。山谷古村烟曲袅,山顶寒松挺立前,李家坑古千。

曲水小舟浆起,长廊灯挂红连。旧屋藓苔侵老瓦,狭窄檐堂小草芊,古风代代延。

菩萨蛮·徐凫岩玻璃栈道

寒风阵阵枯枝落，青山历历玻璃珞。悬壁断崖门，月斜山顶云。

玻璃光滑薄，寒颤心惊脚。紧紧倚阑蹰，低头千丈寒。

霜天晓角·2019年中国经济高质量发展

中国潮流，浩然前进投。经济突飞发展，党引领、世人眸。

创新活力修，改革前再求。大海奔腾依旧，全面建、小康州。

雪花飞·三清山雾凇奇观

飞瀑三清剔透，奇峰白雾凇浓。犹似千姿怒放，仙境般容。

缭绕梨花美，玲珑白色宫。冰树花枝朵朵，赣雾凇冬。

南歌子·澳门回归二十周年发展神速

明珠南放皎，香山特色好。回归双十自治，乐业安居、无有遗留恼。

南海明珠岛，澳门璀璨昊。沧桑迁变步声浩，斗转星移、回抱五星葆。

少年游·学校集体为十岁儿童过生日

幼芽嫩绿出伸头，指向太空求。芍药盛开，玫瑰含笑，前贺十年周。

悠悠十岁雄丽兔，扬起远帆舟。脱去稚嫩，练来成熟，快乐健康修。

破阵子·学校集体为十岁儿童过生日

十岁含苞待放，千秋长路风霜。过去十年懵里懂，将至千年曲曲乡，悠悠苦痛常。

美好年华易逝，寂寥日子心良。一对翅膀坚韧意，万里征程有志狂，祝声宝贝康。

两同心·澳门回归二十周年日新月异

澳门环岛，充满温馨。二十年、回归东国，前进路、光灿莲灯。治安好，澳岛昂然，经济飚升。

小城好事多生，与日俱增。好景醉、澳人治澳，靠祖国，大树风盈。新征程，濠水争流，无限攀登。

斗百花·冬至日

莫负韶光匆别，冬至辞随春雪。寒冬凛冽风萧，春暖花开心悦。云霞悠悠，追随落日飘移，岁冷凋花心热，历尽星光阅。

一缕暖阳，一曲家乡歌诀。冬至节候，生命劲韧顽劣。工地黄昏，无眠挂念家人，千里打工人慑。

踏莎行·脱贫攻坚

冬雨烟塘，暮岚别舞，农村脱困攻坚路。坚持消尽困穷庄，不容百姓贫穷苦。

致远安康，攻坚风雨，依依牢记叮咛语。初心不忘去扶持，牢坚使命无能误。

醉思仙·纪念毛泽东诞辰 126 周年

缅怀堂，正人民领袖，毛泽东郎。走崎岖曲路，救国民昂。忧国弱，为人民，日月你光芒。改江山，换旧地，运筹帷幄前方。

三座狼山灭，又穷还白冲康。晚年愁心事，"文革"神伤。坦荡举，初心记，满眼国、满忠肠。国家昌，百姓乐，永垂不朽千芳。

千秋岁·不忘初心

潮归岸睇，奋楫波涛唳。百舸赴，千帆起。一声关爱语，三把民心系。初心记，全心全意雷锋意。

大海流天际，瀑布飞腾势。经济上，文明媲。乡村争五美①，城市雕花细。康强后，初心不忘人民帝。

注释

①五美：此处指农宅美、庭院美、农田美、路网美、河道美。

诗韵心声

采桑子·攻坚脱贫好

乡村发展人民喜，浅水清清。花树盈盈，脱困攻坚华夏声。

穿山高铁徐徐绕，送去温情。边远康争，全力扶贫党圣明。

人难渡·老区打赢脱贫攻坚战

西部老区庄，崎岖山路。峭壁悬岩陡斜洰，脱贫攻战，政府响雷宏语。立言消困志，人民护。

回首攻坚，惊心遍布。革命山区地前赴，打赢脱困，百计千方安步。各方全力努，初心赋。

唐多令·争创更好营商环境

梧叶树葱葱，凤凰来筑宫。地杰灵、投入争匆。优化营商环境好，精准力、紧抓攻。

开放敞通丰，高吟改革冲。八仙游、各显神通。政务重修须捷径，生态美、境人融。

诗韵心声

渔家傲·不忘初心，行稳致远

不忘初心航稳早，常怀使命人民好。二个百年雄伟兆，全党表，党员群众冲锋浩。

修叶剪枝时准巧，补增壮骨青春葆。大是大非开场皎，须信道，人民紧靠欢康了。

天香·民族复兴

千里山川，冲开绝壁，万壑伟力归浦。傲雪艰辛，惊天动地，战斗前征无古。百年灾苦，多少士、前牺后补。烈火焚烧路远，忠国不避刀斧。

当年贫穷白土，党群心、团结飞舞。快马加鞭三十，废墟春府。改革春风化雨，四十载、神州腾飞巨。科技追新，康安梦睹。

生查子·元旦迈向新征程

日夜大江流，处处莺歌舞。百年目标明，一路康飞努。

庄严承诺声，功德千年诩。决战小康年，迈向征程妩。

菩萨蛮·进入新时代，踏上新征程

再掀开放春风舞，再推改革争新努。海纳百川洋，包容聚宝良。

追求优越好，睿智开明皓。踏上远征程，初心牢记争。

鹧鸪天·老伴生日农历十二月初十

气节寒冬草木黄，老婆生日举杯觞。青年牵手甜酸苦，白首奔波一世忙。

油近尽，烛仍光。金婚转眼絮唠堂。相濡以沫双双伴，陪守相随愿健康。

迷神引·只争朝夕，迈向新的征程

新故交推时光去，岁月淡烟无语。沟潺涧水，瀑飞歌舞。惜时光，前征急，脱贫处。认准初心志，百年举。不管风霜雨，疾蹄虎。

奋斗征程，决战康雄路。越是艰辛，攻坚努。梦乡美好，路遥漫、人心聚。党撑航，遵规律，征程赴。千舸环流上，不惧险。牢坚初心约，让民煦。

庆春宫·勇立潮头，扬帆远航

　　明察秋毫，筹谋帷幄，巨轮冲破汹浪。展翅雄鹰，暴风搏击，神州斗志昂扬。百年征路，鼓声起、群情激昂。风云时代，沧海巨轮，有党领航。

　　百年变局疯狂，形势繁杂，风险增猖。防"黑天鹅"，驯"灰犀畜^①"，沉稳坚毅安康。全球勾画，命运一、多边尽昌。征程行远，勇立潮头，中国之光。

注释

①灰犀畜：指灰犀牛。这句话的意思是要有应对和化解风险挑战的高招。

破阵子·优化营商环境、高效赢得发展

　　栽好梧桐庭院，引争凤鸟巢迁。沉下心神优化境，引进人才技术千，彩云长在天。

　　机会只争朝夕，同时施策精专。艰苦奋飞超赶路，难点千方突破坚，效高赢主权。

国门东·修复长江生态，造福后代子孙

一水曲潺雄，千绕笑朝东。修补长江环境，河碧物珍葱。

江水闪随风，昼夜去、犹似飞龙。天然宏库，无穷水类，久久持功。

沁园春·中国共产党领导人民决胜脱贫

击鼓催征，猎猎旌旗，岁月似流。对初心不忘，誓言牢记，脱贫决战，争裕康求。一路追寻，奔康梦想，圆梦连年都在猷。攀登者，望层层峰叠，云雾涛流。

回头一路寻搜，为民好、初心如昨遒。有万人奋勇，三军用命，见山开路，遇水桥修。雨里浆身，烈阳汗浃，多少扶贫故事优。明知苦，但偏朝苦处，百姓歌讴。

一剪梅·主题教育，初心不改

一路前冲身满伤，党的初心，牢记无忘。坚贞不屈斗群魔，付出牺牲，为国雄康。

治党从严保质香，至上人民，纯洁廉昌。百年二个勇冲锋，开拓创新，永葆春光。

破阵子·不断推进党的自我革命

房子人勤地洁，镜台常擦生光。唯有去除肌体毒，不让灰尘污染狂，为民牢记常。

易得初心难守，常存壮志魔殇。一旦有私心进鬼，万里途征路远茫，除毒保安康。

蝶恋花·决胜脱贫在今朝

风雨交加崎峭处，偏远穷乡，展尽山沟苦。百战至今多少措，初心依旧人民主。

使命在肩身罔顾，攻克艰难，中国扶贫路。百姓欢声翩起舞，神州今脱贫穷户。

满江红·科技落后是挨打的根子

古老东方，长龙卧、沧桑起落。高科技、腾飞要素，关乎康弱。万里苍穹风雨去，百年直下瞅山洛。病因见、科技落荒凉，遭欺剥。

科技路、崎岖削。争新好，躬耕铄。数以千计果，成就飞鹤。勇立潮头前水踏，发明成果千新各。看未来、创造发明飞，神州跃。

西江月·脱贫攻坚

弯曲崎岖山径，扶贫寂寞偏庄。破墙残瓦已荒荒，谁把心胸记想。

边壤山深天远，信音闭杳平常。少钱缺物忍肝肠，不漏脱贫攻上。

小重山·国家最高科技奖^①颁布

嫦四登寻月背容，天霄飞箭五、皎龙匆。高科兴国记牢胸，困难处、科技战场冲。

民族竞新雄，百年无限士、献身红。潜心探究敢攀峰，攻坚决、三十隐名躬。

注释

①本文主要指 2019 年国家最高科技奖获得者黄旭华等人。

念奴娇·永葆初心本色，全面从严治党

千秋伟业，党须初本色，去除尘迹。自我革除身上病，清剔毒瘤坚戟。反腐拼争，从严治党，自我开刀役。初心依旧，自身坚硬凌霹。

打铁须硬躯身，刮糜伤疗，任重崎岖寂。老虎苍蝇邪黑打，敲碎坚冰歼击。洗濯灰身，扫邪除劣，社会风清碧。健全监督，不容腥腐纯奕。

谒金门·冬日随感

风寒肇，冬雨淅然连袅。满地湿花枯未了，雨晴胚芽小。

梦里又回童少，脑海漫游勤早。浅睡起身明悟老，人生随趣好。

踏莎行·年终，打工者情盼归家急

岁尾开春，梅边残雪，挂红张绿花球结。融融游子盼归匆，悠悠一次团圆烈。

离恨无穷，合欢短别，工棚长对家乡子。归家心急即时回，过年返去全家悦。

江城子·第一次过年旅游去

过年时节冷冬光，彩灯装，彩花装。车子川流，道上返乡忙。首次过年游览去，全家喜，驾前航。

小车南向福州方，小村长，小街坊。高速两旁，处处展新妆。改革神州风貌变，攻坚战，脱贫康。

渔家傲·驱车六百里傍晚到达福建宁德市

薄雾淡淡千峰绕，炊烟静静村庄袅。山下新楼争斗好，春节到，家家新贴春联皎。

新月挂梢斜露早，西霞红红山头笑。宁德山城新带老，群山抱，张灯结彩花开道。

唐多令·过年去泉州

度岁去泉州，迎春异地游。乍寒冬、烈日光遒。候鸟日寒南去早，山水绿、暖风柔。

街道百年修，刺桐千载幽。过年餐、家聚情投。海上丝绸之起点，闽南月、映涛浮。

采桑子·泉州王店市古居民宅

明清古屋神知老，龙眼多情。玉树亭亭，疏叶繁花满树盈。

远山隐约云飞急，楼阁花明。鸟雀追惊，何故寒冬花百争。

南乡子·泉州蔡资深民居

岁尾到泉州，千里匆匆岁旦休。明是岁寒裙薄透，风流，沿海东南似暮秋。

随意古居游，蔡氏山村老树幽。百岁刺桐葱翠树，花榴，草地黄牛水竹沟。

应天长·首次异乡过年，在泉州

晋江南北悠悠走，浏览江边年廿九。雨飞丝，芦摇荞，龙树同根蓬状守。

爆花声，肴菜诱。年味泉州浓透，岸上草坪花有，异乡过年首。

虞美人·坚决打赢疫情防控阻击战

风烟三镇邪风飚，疫毒灾凶肇。白衣战士克时艰，齐力同心抗疫，灭魔顽。

神州迅疾围歼早，病毒流亡悄。党群心一扑消奸，敌忾同仇拼搏、凯歌还。

好时光·赞祖国

奋进新征程路，追日上、好花香。山绿水清人境美，祥光一派康。

七十欢乐貌，睡虎起、巨龙昂。世霸多方压，古国凛然昌。

中兴乐·从沪出发，向闽南方路上

远山静静耸延昂，山头白雾匆茫。路崎山绕，坡险弯肠。游随云路南方，水山庄。碧楼拔地，清风絮舞，阵阵馨香。

深山开放貌新妆，脱贫意志人康。倚窗眸睇，出树芬芳。巨龙飞起忙忙，九州昌。党章前约，人民谋福，无限风光。

南歌子·记泉州洛阳桥

泉州桥千米，千年北宋筑。风霜冰雪历年戮，恰似蛟龙、巍立海隅肃。

梁式阳桥一，古时中外独。便民沿海贸财谷，海运商通、频促水生福。

苏幕遮·祖国美

雾朦胧，山远悄，近睐新楼，更较山头昊。河水斜阳姿影皎，山脚村庄，静静炊烟袅。

越山头，飞隧道，一路游芳，美景神州绕。成就非凡家国皓，消灭灾殃，有党前挥好。

满江红·沪上单位复工、多批次医生赴武汉抗疫

抗毒三周，又过了、元宵佳节。春雨里、测温道口，街村岗设。严阵以查妖毒进，严城防控拦牢洁。固守好、民众返回程，开工热。

身受命，连夜别。江汉去，邪魔决。最美逆行者，白衣云结。天使战场千里捷，斑丝临阵三更雪。听声声、病榻励人坚，英雄杰。

石州慢·忆年轻时农村劳动

春色风追，芭叶舞晴，细雨停住。池塘垂柳金芽，远眺一帆江雾。东洋水草，惊起几许飞鸠，摇船装豕屠场赴。还记远年时，恰方农村路。

烟树，树沿岸曲，口唱红歌，年轻志诉。转首回游，雨雨风尘清苦。农村天地，苦乐几许心知，自然醺醉心纯素。人世路匆匆，两甜甜心舞。

浣溪沙·学诗难成

闲处诗词唐宋寻，篇章精彩醉躬歆。含珠道理美纯琛。

静后揣摩时入睡，醒时推敲费求心。数年无果鬓秋今。

清平乐·忆青春友

春色丽细，韶发无留岁。共览春光情意逝，各守闪星夜涕。

一别而后音销，十年不见花凋。好事难终人远，多情伤别迢迢。

南歌子·退休后去女儿家

鸟鸣花香景，风前竹影斜。教书四十度年华，老了岂知、远远去天涯。

水静沉残月，枝闲露落花。乌鸦高树叫朝霞，草地连绵、绿绿到家家。

诉衷情令·春月夜景

嫣然湖畔独斜薇，花影晚风依。随风柳缕挥舞，一路景，色容妃。

闲月照，暮莺飞，蝶初归。碧纷花雨，淡月芳心，梦系心扉。

诉衷情·邻居家笼里的鹧鸪

清晨笼中鹧鸪啼，有翅岂能飞。帏里转，步稍移，能喝岁愁肥。

昔喜乐今非，对牢闱。秋冬至夏扣头祈。放身归。

水龙吟·我的农村劳动与教师工作

返乡劳动青春路，风雨雪霜田畈。村光秀美，农田乡景，草花如浣。秋月悠悠，岸杨花絮，野鸠寻伴。有水汪野田，翠林摇曳，鸡鹅闹、蛙鸣晚。

时序年芳暗换，缺园丁、应征师愿。晨霞披月，秋风冒雨，教书路献。学海无涯，进修无断，苦甜尝满。叹春蚕絮尽，红梅枝老，乍匆匆远。

诉衷情令·长三角连接地青浦

长三青浦沪西头，晴雨景皆优。河溪纵横舟行，两岸拔高楼。

杨柳绿，淡烟浮，鲋虾游。雕花石径，三四古镇，一片葱幽。

好事近·不劳而富者众怒

改革面颜新，富态万千殊别。邪道获金众怒，恨损民而发。

腐财受贿一舣间，牢笼过年月。不法侵吞国产，料最终天灭。

浪淘沙令

杨柳竹陂塘，葱绿村庄，翠禽鸥鸟四环翔。绿水淀湖明景色，清水翻洋。

南北跨桥昂，烟淡湖沧，如茵柔草绿浓芳。似锦青蒲湖月色，淀水湖光。

阮郎归·登楼远思

绵绵细雨趁风飞，阴云变幻奇。水乡春色小儿姿，炊烟袅袅丝。

天边远，雁飞归，登楼凝远痴。回肠曲曲遇糟时，苦辛味自滋。

梅花引·甜酸苦辣

人生路，曲折步，甜酸苦辣一生悟。天边霞，随阳斜。五彩纷呈，还如难久花。

幽峰云雾风来绕，清溪烟波柳垂道。开心窝，闭心窝。真实生活，油盐酱醋过。

青玉案·健壮才是人生福气

春花易谢春杨舞，四序转、千年步。吹尽繁红苞育吐。桃梨结果，蝶蜂无语。早晚双飞苦。

昨非今是匆匆去，向迩翻云势钱虎。一旦失亡寒暖楚。功名利碌，过坪烟露。健壮才人祚。

卜算子·怜恻人生曲折多

春潮冲岸飞，绿柳随风诉。伴水烟波掠岸茫，碧草茵茵处。

得意之时步，心里春光煦。多变人生曲曲丘，尘不断、愁肠路。

乌夜啼 · 千里送别

　　互劝愁容别，满尊手颤杯斜。残阳远坠心存结，强笑苦嗟呀。

　　泪水汪汪含眼，两情濯濯飞叉。甘辞一醉欢今日，微语每天家。

临江仙 · 荒山僻径走

　　群山连接茫然眺，翠禽沾露啼朝。所经风啸竹松撩，放闲泉涧瀑倾器。

　　僻远人稀多异景，走迷穷水山刁。松岩盘坐水声遥，峰峦凹凸起云涛。

渔家傲 · 乡愁

　　湛碧晴空春色皎，含芳嫩叶远延悄。淼淼春江烟淡袅，残阳杲，舟抛渔网身轻巧。

　　天水相连浮小草，烟云远离乡魂绕。情愫牵连超雨渺，难睡懊，酒觥对月归愁老。

唐多令·战疫情

晚色满莲花，春枝风月斜。列车驰、尊酒辞家。有志医生骁武汉，临行酌、别歌呀。

明月撇云霞，东风护嫩芽。病毒狂、乱扩疯邪。勇敢人民惩病毒，白衣战、气雄嘉。

采桑子·怀念海外亲人

秋风抽叶随飘地，沙淅微声。沙淅微声，叶叶匆匆、投地有牵情。

银河极眺亲人远，好梦无成。好梦无成，杯酒怀人、久久等天明。

减字木兰花·心在家乡

残阳淡月，空远两眸霞尽没。云彩飞匆，池水悠悠野鸭融。

湖塘月影，柳静花迷幽色景。身在西方，怀念家乡醉酒常。

水调歌头·俯瞰岁寒流

蝉声渐疏落，树影远时秋。叶黄花谢，寒蛩声促也知愁。每到凄凉光景，全凭自修气质，风雨去幽幽。天无绝人处，朝旭送孤舟。

潇洒去，从容返，淡悠悠。桑田沧海，宇宙嫦玉月球游。万物匆匆吟醉，千古稍稍梦幻，光景了无休。仰视变迁速，俯瞰岁寒流。

蝶恋花·何日还能聚

高柳鸣蝉低唱谱，夕照西归，倚立山峰俯。夜色轻烟山绕舞，秋声淡月林延路。

朵朵白云飘忽去，蓝碧无穷，何日还能聚？夜幕低垂怀旧苦，离开日久情谁诉。

渔家傲·金山嘴渔村

仰望明月东升皎，俯窥碧海金光悄。无际无边涛雾袅，茫茫浩，忽见浪起银鸥傲。

浩气一腔胸荡早，壮怀千里英雄昊。一路悠悠尘梦杳，人已老，年芳幻想随时了。

鹧鸪天·怀念远方好友

嫩嫩垂杨细淡黄，依依落日四周茫。眼前春色无心阅，身后烟霞有意凉。

亲友远，水声汪，苍苍夜色友怀伤。长春携手陪君醉，不晓知心何处方。

秋蕊香·在外心系家

芳草斜阳春秀，日暮云霞红透。依楼凝远风盈袖，群雀临池歌奏。

年年春节辞家后，想家瘦。几多幽梦情浓厚。无限芳心依旧。

玉楼春·岁月匆匆

岁月匆匆飞似鸟，沧海茫茫人事渺。春花秋月四时常，流水暮云千古悄。

年事梦游飞走杳，世事难猜时遇巧。春风不尽意随时，夜月偏多云彩绕。

临江仙·战邪魔

日月飞流匆去，山河空翠烟斜。才欢春暖美芳花，却披风雨雪，转眼半残疤。

世事匆匆流水，人生茫荡栖霞。沉浮人海雨霜麻，初心不忘本，壮节战魔邪。

苏幕遮·工作在外，牵念在家

夜深沉，春暖皎。空色江天，淡幕微波小。摇荡涟漪流漩绕，归路迢迢，异地淹留老。

故乡遥，游子恼。夜夜祈祥，怀念亲人好。思绪飞驰周静悄，水阔山高，思念随波袅。

朝中措·钱塘江观潮

钱塘潮涌接晴穹，浪吼泼天冲。好似蛟龙出水，犹疑刮起狂风。

雷霆之势，狂涛而起，壮丽恢雄。瞬息潮归水去，浪情万变匆匆。

钗头凤·青春不再恋情犹在

蜂游结，人徒子，夕阳芳草春天悦。江上泊，怀人各。半讯全无，计无郎托。寞！寞！寞！

朝云别，秋鸿诀，恋情幽乐烟飞灭。骄阳跃，暮霞落。春日情遇，故园伤却。昨！昨！昨！

阳关引·童年好友一去，至老无缘见

十载嬉娱悄，一去尘音少。庭轩独处，愁痕袭，何缘扰。忆青梅竹马，顾现今音渺。倩影浮、回忆美好月光皎。

日子每天去，生命眇。踏青风月，时逢聚，别匆早。小小心投醉，日日欢歌好。念远人、斑纹满布亦衰老。

木兰花·社会主义好

淡淡翠烟斜绕树，漫语一生归梦旅。芳草雨，绿杨垂，景色美芳人迷舞。

渺渺水波涟漪吐，冉冉云霞风里去。千秋万代顾今朝，社会主义康福路。

菩萨蛮·山区面貌新

神州山水千般好，打工建设他乡老。村口别挥妻，晨霞鸡鸽啼。

幢楼移草屋，摇翠水边竹。高铁破山盘，扶贫万户欢。

采桑子·别情无穷

随风杨柳花飞絮，莺唤声怜。莺唤声怜。眷眷心心、依柳语千千。

伤心再劝酸杯酒，别意情连。别意情连。圆缺悲欢、一去挂年年。

清平乐·江南春景

江南春景，柳绿花红影。川水绕环村庄静。千里平原景靓。

幽径深处流溪，小舟曲绕人迷。岸柳断云多采，汀花群鸟追啼。

鹧鸪天·踏青

摇曳杨枝轻展柔，桃花梨卉竞嫣丘。艳红如火蜂围转，洁白澄清蝶舞休。

岸边柳，水浮舟，寻芳踏翠鸟飞啾。丁香枝上追春去，豆蔻梢头情梦悠。

小重山·善良一生好

杨柳青青红杏羞，鹧鸪声唤促、水潺流。可人春色满神州，莺燕雁、风雨舞啼啾。

世事梓桑秋，风霜寒雪有、日悠悠。善良选择一生休，底线守、心美似花柔。

生查子·白衣夫妻

防控战已深，感慨玫瑰扑。英雄战毒魔，伉俪追擒戮。

一日凯旋归，三月三花馥。千里隔夫妻，同心战魔毒。

阮郎归·赞奋战在抗疫一线的九零后

驰支武汉物资连，医生赴万千。须眉巾帼手相牵，奋刀病毒颠。

儿恋恋，父怜怜，冲锋接力前。逆行天使舍身捐，青春美好年。

蝶恋花·孤雁

闪烁波光湖滟吐，雁蝶归春，展尽翻飞舞。百草摇摇随摆楚，千花艳艳争容醋。

孤雁来回无伴顾，无比凄然，影子前随苦。料峭春寒无侣诉，空蒙暮雨无寻处。

八声甘州·世事难测

乍飞飞柳絮舞翩翩，一任远方游。喜三春风暖，幽葩细萼，芳景林幽。草色烟光残照，柳影泽平柔。极目远眸处，波闪渔舟。

不测人生意外，苦酸甜咸事，轻笑村楼。但风云变幻，都是暮烟休。记当年、晚光夜习，恰未料、"文革"校停愁。村山远、白云伴我，理想东流。

迷神引·脱贫攻坚

轻拂春风催芽吐，袅袅春烟飞舞。斜阳雨后，彩虹弧露。向烟波，临流水，落红去。昨夜千枝展，艳芳楚。韶景匆匆好，惜珍努。

远客怀归，早晚家娘父。瘦弱贫穷，多年苦。小家靠党，脱贫州、人昂步。唱声声，收官岁，攻坚路。艰险追攀道，行如虎。桃花红霞景，不漏户。

江城梅花引·收官之年高质量完成脱贫任务

扶贫之路逆风舟，食贫愁。住贫愁，又冷又饥，夜梦送温柔。水阔树高荒草袅，贫穷地，冷清清、雁不休。

梦求，梦求，初心悠。中央谋，万事投。上下一心，去动手、攻战声飕。峭壁村前，边远漠荒州。一户不穷工作细，人不漏，党前头，决战秋。

一斛珠·一事无成梦里哭

初春蛇缩，小河冰化微波逐。小花蕾露求容目，悄悄清幽，燕子回归绿。

几度东风几度曲，千回梦里无成哭。至今人老黄昏烛，一点雄心，笑叹斜阳速。

南歌子

27位医生陪护87名病翁同观夕阳红有感。

落日飞霞美，浮云朵朵匆。面朝残日病驱翁，指点夕阳低语、同赏霞红。

甲子沧桑远，灵犀一点通。晚霞天际瘦人容，抗疫春寒三月、老少春风。

一剪梅·踏青旧地寻访友人

一水东流迤逦漪，蝴蝶飞追。燕子飞追，重游旧地访寻伊。新绿迷离，情意迷离。

河上轻舟缓缓移，岸上歌儿。水上歌儿，眼乖四处费心寻。春已非斯，人已非斯。

临江仙·欢迎白衣战士凯旋

逆水行舟天使，白衣凯奏回家。春寒三月战魔邪，武城新毒戾，英勇战江沙。

去棹逆流冲上，征袍翩眇儿娃。执戈拼斗毒妖拿，山河终去恙，大地遍春花。

蝶恋花·旧地重游

时隔六年游旧地，春色依然，飞絮游丝坠。曾与情郎携手记，终还远树云飞异。

湖面涟漪波縠细，烟雨迷离，再忆流连醉。颦笑一生悲乐喜，山歌水戏寻仙意。

高阳台·春分阴阳

三月春分，一春已半，花开春暖鸠游。草绿莺飞，归来燕子巢啾。阳气日壮时机转，缕轻风，百卉花羞。柳枝斜，飞絮嬉天，微雨霏舟。

雷声万里农忙始，记春耕时节，辛苦耕牛。成事争春，有志者及时修。自古最忌人生满，月未全、花半开幽。致中庸，最妙之春，最妙心投。

朝中措·白衣执甲凯旋

白衣执甲逆行征，凯捷返归荣。生死置之度外，悲歌一曲拼争。

中华有你，山河无恙，百卉含英。漫舞玉兰亭景，狂歌欢送归声。

鹧鸪天·三月踏青随想

枝栉盘叉苍老花，变形莫测远方霞。梅花清秀姿娴水，竹叶葱幽影绰斜。

莺婉语，蝶翩笆，湖边幽翠水游虾。鸳鸯依旧成双对，燕子营巢形寂家。

破阵子·风雨无阻

　　却喜阳光灿烂，何妨风雨常来。乔木傲亭亭倚盖，芳草随茫茫雨呆，自然人一偕。

　　灾祸万千战胜，贼兵侵略都埋。不惧风霜神国志，不畏艰难万众皆，珞珈樱树开。

浣溪沙·春雨宅家

　　细雨淅然宅在家，微风依佛洁春花。回身旧事乱蓬麻。

　　短发若言心里苦，衰颜今若眼前芭。坐堂新雨万千嗟。

阮郎归·烟花三月春浴节

　　人生惨半喜忧环，安危也一般。流觞水曲作诗箪，烟花三月颜。

　　上巳节，祷祈安，祈求吉福欢。兰花采集洗身磬，陈年旧事完。

浣溪沙·无限希望叹惋惜

雨水渐然春色珊，柳花飞舞岸边栏。怅然若失事心盘。

烟雾朦朦依树转，风雷滚滚百花颜。无缘希望惋伤完。

唐多令·雨后踏青男女

春雨细绵潇，落花含笑飘。草色香、桃李拼妖。犹似酒酣仙境道，盈盈水、美人腰。

垂柳水边撩，踏青雨后潮。美容姿、倒映湖逍。可爱江山无限景，携手去、蝶双骄。

谒金门·逝去青春垂老悟

游蜂去，难晓回巢几许？啼鸟穿飞新柳处，思乡情怀聚。

往事落花飞絮，回首不堪无绪。逝去青春垂老悟，燕归人独语。

江城子·春日别情浓

直冤无奈最东风，早时疯，晚时疯。看得枝头、艳粉美匆红。满眼春芳伤去早，花落尽，意忡忡。

夜迢春悄碧天宫，劝杯盅，看山葱。诉尽衷肠、明日又匆匆。他日梦乡花下饮，云雾里，影朦胧。

虞美人·打工郎君十年归

春江空阔清清水，斜照雕栏倚。梅花映水婉容奇，飞逝岁寒离杳、十年非。

花儿寂寞孤心耐，命运谁能改？待时他日远归来，失色花容憔悴、自生哀。

蝶恋花·踏青旧地忆当年

十里春风芳草路，桃李枝头，叶小花苞露。院落千秋幽绿树，人家一去无人住。

一片迷茫惆怅诉，追忆花年，何苦人双遇。大雁远飞何去处，游鱼随水何时顾。

卜算子慢·务工远离家乡多年

光阴一日，滋味万千，日落一川烟水。渺邈家乡，又是暮春愁起。水茫茫、脉脉含情系。恨无能、飞身夜去，云遮雨挡流涕。

荏苒时光异，寂寞一生情，水乡千里。乱絮飞飞，想念故情不止。酒消愁、独饮人无味。水影翠、伤怀别久，挂怀无限意。

玉漏迟·人生悲欢离合多

鹅黄条欲绿，东风吹见，芳霏春秀。青绿枝头，五色斑斓烟柳。倚尽栏杆目断，恨水远、心追冤旧。风雨骤，让人念切，风情千守。

昨夜梦得伊人，言苦涩之情，叫人心纠。数朵鬓秋，已是老翁清瘦。人影悠悠梦处，恨匆去、几多声咒。何以就，深情意浓心久。

浪淘沙·子孙自有子孙福

青绿满枝头，春水悠悠。絮花风雨荡飞游，蝴蝶池塘翩照水，岁月飞流。

往事白头惆，天淡云休，一生随意老堪愁，子女自修他的福，不用多忧。

思佳客·飞梦何妨夜雨啾

日月匆匆如水流，江潭寂寂落花投。枝头秀色飞莺笑，花底幽香蝴蝶游。

枝交接，路人休，耐心寂寞武功修。冲寒已是东风暖，飞梦何妨夜雨啾。

接贤宾·岁寒才晓竹松牛

仁依江畔葱葱翠，春水东流。夕霞烟波路远，字雁斜丘。草木茫茫翠罩，江河浩浩芳舟。远流滚滚春江水，爬高处、乱绪浓尤。岸柳莺啼声久，心境意迷幽。

岁寒才晓竹松牛，遇祸世情眸。感恩真诚善德，光采悠悠。无限人心忠勇，不平世事刀飔。做人良善多丰报，名财禄、冷眼抛休。老实人最是好，潇洒乐逍游。

西江月·随想

世俗同流无痛，人间几见情芳。愤然嫉俗志高昂，逆叛到头独唱。

月色徘徊静悄，凄迷夜景心伤。随波逐利避灾光，近水出堆风浪。

唐多令·庄周梦蝶

蝴蝶自由飞，啼鹃快乐追。见庄周、梦蝶徘徊。片刻解愁堪可以，虚无道，镜花非。

湖色翠山薇，山光芳草霏。鸟悠然、烦恼烟灰。无味赏春孤影酒，蜂蝶老、几时归？

少年游·情义深

桃红柳绿裳轻烟，河水曲潺涓。黄花细雨，飞泉山远，争美百花妍。

乡关一望千山水，恨雨乱云连。日月相催，岁时过隙，情义永相连。

临江仙·人生淡然

芳草怜怜雨骤，落花惜惜声声。雷声狂荡滚球轰，坦然云雁去，何况水鸥登。

淡泊人间名利，从容眼底柔清。花开花落自然情，悠然自若处，独向梦乡明。

破阵子·清明悼念抗疫烈士和逝世同胞

今日清明祭祀，几回警报追风。回绕水山旗半挂，浩荡东风哀悼忠，缅怀逝者功。

抗疫英雄烈士，抗灾战斗英雄。低下头悲怀道尽，挺起身宏梦急匆，牢坚遗志胸。

一剪梅·初心为人民

党旨初心救国家，红军天涯。八路天涯，大山三座倒台渣，岸上欢呀，水上欢呀。

不忘初心百姓家，脱贫谋划。致富谋划，忠心为国党旗前。穷谷开花，恶水开花。

风入松·做人真善美平淡

草花婀娜竹林萧，天净云消。树丛静寂花飞路，河行舟、穿孔溪桥。岸上如丝细柳，空中盘舞筝鸦。

人生回首月宫迢，立志今朝。韶光易逝春天去，处人间、真善诚豪。两袖清风平淡，一生没祸才逍。

喜迁莺·有感于武汉城解封

古国喜，水城恢，武汉解封徊。魔消毒灭笑呵杯，欢舞鼓声雷。

英雄千，天使驾，上下一心昼夜。白衣奋勇杀魔前，巨龙搏飞天。

惜琼花·花落花开任自然

　　春风老，春日了。出巢莺鸟小，初夏时到。四时潺水溪流悄，飞絮蒙蒙，乡路迢绕。

　　月明楼，风暗啸。告声春去别，梨子容好。淡然心镜听啼鸟，花落花开，何必烦恼。

眼儿媚·世上难有尽善尽美事

　　归雁声声蝶飞萦，绿遍柳南城。春光荡漾，桃花盛美，水气盈盈。

　　尽真尽美难求到，成事在心诚。烟微水远，露晶明月，说尽愁声。

卜算子·打工异乡常念家

　　晚风似水柔，春雨情丝袅。落叶纷飞半空飘，露滴羞羞皎。

　　只身到广州，有恨无言表。别也开工念在家，淡淡乡愁悄。

蝶恋花·世事宽容

满树落红香匝地，湖面清明，荷叶圆池翠。杨柳枝头莺唤起，桃花梦里朦胧意。

碧草澄波低首视，尽力帮人，活着无须记。世事宽容年月喜，人生好梦天天美。

清平乐·"健康包"传递关爱

千山万水，血脉相连彼。海外华侨中华子，疫毒爆、娘爱至。

健康包送千千，慈母家里情牵。游子海邦意念，甘露四海均潺。

渔家傲·少年不管今来泪

柳芽刚绽春风细，梅苞已退淡烟里。多感柳条辞别记，红晕起，微信一句春江水。

薄薄哀愁杨叶寄，微微笑容梅花意。美好时光伤浪费，往情醉，少年不管今流泪。

南歌子·顺应自然

芳草连绵远，飞花春意浓。淡烟晨色石桥朦，一缕晓光照水、远情忠。

翠鸟喧争美，黄蜂展翅匆。从容大度乐天融，适合自然规律、一生丰。

梅花引·思念随风吹你心间

山林路，风雨暮。当年一别无人诉，盼人归，盼人归。别情入骨，人生不经催。桥头树老羊肠道，树下草香蝶梦老。情深坚，义怀前。人影远离，留恋心伤连。

梅花妩，喜鹊妒。回忆忧伤盼望苦，奈何天，佘何天。沧桑世事，岁月似云烟。十年别后闲何处，千里梦中逢你楚。三生铭，百年情。情事随风，未卜可期明。

阮郎归·留守妇接打工郎

黄昏无绪立斜阳，梅花阵阵香。步迟回眼挂心肠，村河曲曲洋。

烟缕断，露珠裳。无人走乃庄，车轮过尽未期郎，月圆我独伤。

减字木兰花·第 51 个世界地球日

堤边青草，清水鱼儿游啄小。生命皆优，绿水青山美景州。

自然宙造，人类地球珍爱好。守望球康，保护家园万物芳。

南歌子·怀念远人

小径垂杨处，清溪静悄流。天边云水一孤舟，绿树斜阳河岸。伫立人忧。

离别音书杳，悲欢日记修。门前花落一春秋，陌上牵愁随日。田下深沟。

清平乐·牵挂

春天将去，身在他乡处。时热时寒风吹雨，燕子成双昵语。

山阔水远苍茫，溪深思子愁肠。守女不知郎苦，难乘飞鸟回乡。

临江仙·心在远方人

　　在水东风涯路，依楼落日心呻。多愁伤感自怜身，絮飞春远去，花谢绿波氲。

　　烟水溶溶何处，云霞淡淡情真。太阳西下没心神，欹床长发乱，心在远方人。

踏莎行·年轻要努力

　　袅袅游丝，盈盈水露。春花芳草牵情处，鱼儿戏水顺流游，飞花掠水杨枝舞。

　　小院花台，空庭月注。光阴似水迢迢路，心灵纯洁是春风，风流岁月人勤努。

眼儿媚·坚持底线思维

　　花落花开顺天时，细雨下幽池。四时循序，一望无际，历史多悲。

　　一帆风顺春风里，盲目乐观危。水冲穿石，路歧思险，底线坚持。

南乡子·五一淳安游

雨后水塘幽，蚕豆青梅柳絮悠。烟雾水边沟涧冒，绸绸，山色湖光倒影投。

河蚌陷滩愁，草地河边觅食鸠。水退露滩飞白鸟，啾啾，节日休闲五一游。

菩萨蛮·游浙江嵩溪村

涧溪潺碧流街穴，岩花石隙红蓝结。古色古香楼，门花各色悠。

小桥村里立，双水长流急。村以水知名，水流洞出清。

眼儿媚·富春江边农家

葱美江边柳家村，果树满田芬。一泓水草，数声叶雨，涧里浮莼。

渔舟靠岸人归晚，群鸭紧随跟。草牛摇尾，花猫点首，老酒黄昏。

点绛唇·五一淳安游

五一游村，青山连碧香葱绿。涧边翠竹，水绕潺潺曲。

成对白翁，贴水寻鱼目。鸭子六，嬉娱羽沐，犹入仙乡福。

忆帝京·立夏

江南一夜薰风起，立夏到时雷厉。雨沐熟黄梅，月上蛙鸣娓。水稻插秧田，果树栽松地。

暑气弱、气温舒体，阵雨下、作物疯翠。彩蝶翩花，黄蜂叮蕊，到了夏季杨花喜。日见幼苗高，夜笑樱桃紫。

南歌子·长征五 B 运载火箭飞天

揽海巡天箭，飞天追月船。春光最美箭腾烟，金色巨球透海、箭飞天。

一代惊人五，千秋伟业艰。椰风拂海箭神仙，万里冲天拔地，天宫连。

诗韵心声

少年游·老有所为

落阳西去美匆驰，姜子钓鱼丝。西霞也是，远边风采，低唱浅斟时。

光阴一去无踪迹，桃和柳、斗颜姿。少小虚荣，老来空望，弓背脚酸痴。

少年游·怀旧友

薄云溪照岸杨骄，山远路迢迢。江清鹭白，水波风送，天淡彩云飘。

红蜓又立尖尖角，君记否、两相招。梦境情知，醉乡唯有，鸿断去声遥。

安公子·写在母亲节

草色烟光里，絮飞袅袅溪桥地。老尽春花初夏早，紫燕双双寄。屋角里、雌雄鼎力心神费。雏子唤、两两轮流替。待子离巢去，双老心窝流泪。

陇首秋云昇，临途针线尤丝细。雨沐山河工地远，独自黄昏倚。自离别、家乡父老心头记。常牵挂、攒聚眉头意。最是恨黄鹂，不肯把音讯递。

行香子·云南漾濞县光明村

世外桃源，云中枝头，更村庄久驻山丘。盘旋山路，突兀峰幽。看桃林异，山林险，鸟林啾。

云端之上，人间波翠，漾濞村庄意浓游。核桃遍地，古核年悠。有核桃茶，核桃饭，核桃油。

临江仙·乡亲相聚

初绽桃花骄小美，多情柳絮满天游。残阳去后晚烟
愁，一帘微雨滴，双燕贴池啾。

唤友邀朋欢饮酒，还家招客树边幽。水乡家里最温
柔，花开今日好，草嫩暗香悠。

临江仙·赞老同学须晓明旗袍秀

美兰湖水粼粼闪，旗袍美女还童。展妆羞月闭花
容，舞姿优美下凡匆。

姐妹旗袍罗镇秀，晓明寻梦心红。含情心喜乐无
穷，凝妆仙子笑声浓。

散天花·脱贫攻坚胜利赞

云淡山高绕顶飞，平原千万顷，马羊肥。回眸青史
战场威，前瞻多少事、月新辉。

扶困攻坚境已非，声声夸奖好，面容怡。边区往事
不堪回，摘除穷苦帽、小康禧。

醉垂鞭·脱贫攻坚边区乐

忽听玉声琅，山娃唱，攻坚上。全面建家康，正挥汗活忙。

清风迷漾好，朝霞晓，满山芳。苦水白沟塘，西陲时换妆。

山花子·青浦练塘茭白

白白甜甜味美餐，练塘茭白满田千。鲜嫩可人共爱好，水乡田。

柳绿蛙鸣环境美，荷香竹影入人仙。茭老软绵新的脆，两茬连①。

注释

①两茬连：这里是指一年两批次采摘。

折丹桂·青浦郊野公园

千花栈道青西美，黑白红黄紫。一丛花道两旁栽，挡不住、香风鼻。

繁花五彩争颜绮，游客千千计。花田闲步卉香浮，水密布、游欢矣。

角招·31 年后相遇

别君久，人非昨。笑回校鬓霜又，昔时才俊茂，记得与君，争是非究。农村道走，各远去、风涛千斗。历尽艰辛终近，人三十一年匆，两衰翁谋首。

无有，旧时貌秀。风霜雨雪，对酒凄凉瘦。惜花零落溜，学校成名，文章奇手。而今老朽，八十近、风情依旧。一笑冤仇去宥，问时运、岂能知，人生纠。

菩萨蛮·采茶女

茶林道路弯弯曲，翠山岁月千年促。美女篓垂肩，采茶心喜前。

遥望山景旧，仰看茶林秀。脱困送来春，山区面貌新。

菩萨蛮·青浦环城水系公园

环城水系公园独，中流四道清河绿。美色水城幽，水流潺转悠。

历年文化顾，生态水芳布。独具水乡情，多元兼顾晶。

生查子·五月枇杷

树满枇杷黄，月上荷花皎。十几品种多，百亩连天老。

叶可入药材，花可煎茶舀。金果季香飘，尝鲜正时好。

画堂春·青浦莲湖村田园风光

莲湖村巷好风光，村庄莺燕翔。白墙鸳瓦色幽妆，烟水清塘。

草苇错交湖泊，竹林透迤花香。古榕娴翠画楼房，生活优康。

阮郎归·脱贫攻坚

边区烟雨满田川，攻坚脱困艰。穷山争夺小康攀，千村示范颜。

穷僻处，放闲前，八仙过海翩。乡情浓厚小溪湾，村居绿色还。

阮郎归·牵肠挂肚

馨香悠袅影形孤，江南烟雨湖。梦回肠断挂人途，无缘酒醉奴？

顾影瘦，向人虚，离人一去驹。流光易去旧情扶，柔情蜜意无。

念奴娇·两会召开

神州大地，见农田万里，麦浪飞舞。不在寻常时节点，两会召开心聚。众志成城，人民至上，加快征程步。为民修福，代言民意民语。

临战不避攻坚，抓牢机遇，写豪情诗谕。疯了西风狂压下，不惧恶涛争渡。稳足朝前，抓新机遇，中国情怀举。全神倾注，决征全面康赴。

蝶恋花·怀人

吹落花儿随水去，飞梦灵魂，袅袅随风舞。今夜寻求心里路，异乡想见心肠吐。

美好青春珍爱妩，播种春天，俄顷深秋暮。独自一人灯下诉，几回千里窗前顾。

雨中花·平淡是真

岁月匆匆然静语，日忙日忙人暮。看淡舒舒，心宽乐乐，万好平安渡。

珍惜今天唯有侣，人生岂能多妩？静守云飞，闲依风起，没有回头路。

小重山·念远人

烟雨江南轻裹时，水潺花草岸、忆人姿。碧窗残月守望痴。前世约、鱼水在清池。

明月百花怡，空山双树绕、梦追伊。红尘陌上一情丝。风霜雪、离影已无归。

眼儿媚·青浦

青浦江南水乡迷，风景独芳怡。廿多湖泊，二千河道，上海西陲。

梅花初绽春天里，夏看水花湄。秋塘蟹壮，溪桥灵巧，宁静清奇。

醉花间·青西郊野公园

白鹭斜飞湖泊岛，幽幽清水悄。云雀倦飞巢，鸿雁翱翔绕。

晨光鱼水草，夜色莲湖鸟。八佳风景好，森林水上美撩人，草堂风，花径道。

渔家傲·新疆可可托海康养胜地

水秀山奇风景异，莺声地险云烟起。冬日茫茫皑白逦，春日媚，夏秋万壑争流意。

色润幽幽山色翠，烟和漠漠江湖里。可可新疆遨游美，天下比，人间少有桃源地。

朝中措·青浦大千庄园

大千生态水园庄，青浦淀湖乡。处处河流环绕，依依如醉风光。

田园野味，花枝妖媚，滴翠桥廊。桃李果香竹径，蛙鸣鸟语莲塘。

虞美人·念旧迷人醉

茫茫人海春天遇，未敢芳情吐。情深缘浅痛无由，发自内心年少、恋情流。

难忘笑意飞云去，美好曾经路。你康安好我无忧，念旧迷人心醉、几时休？

蝶恋花·快乐长生

世事纷繁芜杂地，淡泊尘心，静想花开意。岁月蹉跎匆去记，风云变幻飘然异。

相遇相知情感事，万缕千丝，快乐人生醉。心境开怀康福至，古今修性无缰智。

临江仙·六一儿童节

幼莺枝叶啾啾闹，小花日照含羞。月光明洁率真浮，水声温静稚颜眸。

六一歌声天地响，万千童笑容柔。今天红领满胸悠，明天宏梦志坚投。

八六子·江南夏天

碧蓝天，一湾青树，悠然白鸟田边。看处处点缀红花，依依飘零柳絮，东西巷陌水涓。沟溪泛起鱼涟。逆水冲流咬尾，儿童巧捕鱼田。

乱语急匆莺，并飞巢建，夏浓花海，次第葱翮。诗情意、朵朵荆花布满，星星蕙草花妍。水浮船，乡情梦追暮烟。

谢池春慢·柔肠情深

一帘幽遇，清雅透、苍凉附。泼处淡流香，染遍黄昏雨。春水江南绿，花日阳光煦。小窗前，幽径处。每逢情会，无约灵犀悟。

时光浅淡，人老去，悠然顾。岁月曲崎路，天地迷离所。旧岁繁花鸟，深竹丛霄住。东风劝，残月诉。柔肠情韵，千里春风误。

一剪梅·初心牢记

建党红船立志红，初心忠公，百战忠公。誓言定见扫除穷，暴雨前冲，酷热前冲。

改革方针家国雄，乡村姿葱，城市姿葱。初心牢记自修容，老虎刀弓，苍鼠刀弓。

生查子·六一儿童节

六一暖情融，爱国情怀注。撒进小孩心，点亮孩儿路。

六月夏灿芳，双老陪呵护。公益诱循循，培养善良付。

忆江南·山西汾河

清流秀，山麓一川歌。流水哗哗芳草岸，轻云千里雁飞坡，舟似渡河梭。

三晋地，九水绕环波。花岸残阳霞尽染，树林浓密有家多，汾水鸟翔河。

忆余杭·白鹭

蝴蝶翩跹，白鹭千波湖上绕。天生丽质颈修长，洁白羽毛裳。

起身翩眇晴空里，幸福自由追美。展姿翱翥一群连，漫步恋情欢。

海棠春·童年

门前河水湾弯绕，嫩绿草、暗香浮悄。四面尽田园，百里村烟袅。

捉鱼摸蟹童年好，道十里、田歌唱早。处处野花香，梦境回萦小。

蝶恋花·经年辛苦人生路

烦恼堵车龟步去，气节黄梅，尽是淋淋雨。每日别离还挂汝，经年辛苦人生路。

夏日炎炎孤雁顾，湖上花飞，回首青春暮。人海旅程名利误，世途踪迹攀登努。

谒金门·幼儿园复课

黄梅雨，下满一池还吐。天上随之雷电舞，湿潮人汗注。

风送疫情离去，雨布太平康步。满眼幼儿红脸露，定都灵宝护。

散天花·三峡重庆库区脱贫

风送红茵满眼时，山城三峡库，彩霞飞。青山遥对一河驰，年年红叶妙、一江溪。

巫峡风光多少诗，山头巡守好，狡猴嬉。风光壮美水山怡，建康环境首、脱贫嵋。

满庭芳·童年夏天的记忆

窗后蝉鸣，门前飞絮，夜时场地乘凉。萤虫光闪，风送鹤声庄。夏日童年梦续，捉蚂蚱、爬树乔桑。捣蜂穴，蜂虫一煮，味道醉人香。

竹林多野味，蛇鹰鸟雀，曾记笼装。采桑葚，放牛割草波塘。电影露天放映，篝火点、半夜迷藏。童年乐，难能说尽，回首小时乡。

临江仙·环境良好，人民幸福

绿水青山金地，白云流水芳幽。清妍环境利人休，水山田草处，鱼鸟与人悠。

爱惜地球家国，流连山水重修。文明生态绿频啾，神州天地好，风景现今优。

海棠春·河北皇迷村脱贫路

千盘山地洼坑布，远眺景、把人惊住。遍体毁伤山，十七年前误。

脱贫之路皇迷塑，遍野果、苹桃万树。水库泛游舟，地绿生金路。

缑山月·云冈石窟北魏僧人昙曜

二五四神龛，三千各异男，千年飞越笑微含。倚山开凿美，精妙艺，轩昂像，态姿恬。

恢宏姿势云冈窟，昙曜凿山岩，倾忧心血佛宗谙。勿辞风雨苦，金石刻，因岩构，世人瞻。

蝶恋花·咏狗

救得路边孤苦狗，黑白斑纹，二日交情厚。无语也知人意有，频年自觉家门守。

几日回来搂抱久，亲热无寻，好个心肠受。真性依然休赶走，世途何处交忠友。

诉衷情·脱贫攻坚

脱贫攻战棘荆丛，山阻汹水疯。何堪地瘦多灾，千变万残容。

牢记责、计无穷，小康冲、登高望远。造福人民，牛劲儿攻。

惜琼花·端午悼念屈原

端阳节，怀古月。汨罗江水泣，追忆高洁。赋辞诗祖风骚绝，千载而今，流远歌诀。

汨河流，舟赛烈。秭归江畔觅，人世豪杰。感怀图霸忠贞雪，忧国忧民，无尽怀悦。

竹香子·上海一路

一路繁花遐迩，一步一街景美。斑斓五彩四般妆，绿色陪随你。

人来客往闹市，绿地儿、演绎城里。风情积聚四时花，上海人民乐矣。

醉高歌·怒江峡谷

怒江幽谷千声，野水人家火冷。边区贫困艰危岭，现已扶贫换景。

深山隔绝通城，峡水飞桥化幸。交通见捷渊谷骋，梦落家康遍省。

清平乐·童年农村

树林知了，水草青蛙闹。鹭鸟忽儿飞翔早，轻落牛身背悄。

一曲小港村前，四围庄稼连田。朵朵白云迤逦，潺潺流水河边。

望梅花·抗疫胜利后夜市

路灯初上故园芳，夜市闹、宫灯花道，抗疫扶贫双获康。

丝竹管弦洋，街市人头涌动忙，欢乐满街坊。

临江仙·美丽香巴拉

草原辽阔高山立，纵横两岸云烟。四望风景美盈千，一川奇绝道环连。

卵石圆雕桥座座，见知今昨明天。川西处处美姿仙，牛羊岩畔未归拴。

渔家傲·金沙江边

芳草江边景象千，寒涛月下直冲颠。绳水入山岩阻远，山峦懒，太阳水面光摇绻。

峰谷渊深两雪巅，断云耸峙一霞连。浪急滔天掀起断，金沙罕，巨流泸水飞腾瀚。

临江仙·参观淞沪抗战纪念馆

夏雨添加新绿，壮心染尽旗红。鏖兵淞沪国人雄，皓灵家眷眷，征路却匆匆。

静听献身史写，遥知烽火濠凶。牺牲伤别各西东，回头当代史，再拜勇臣忠。

画堂春·宝山塘湾村

塘湾秧绿碧葱稀，百花遍处蜂飞。野禽池水幼惊啼，人影亭移。

旧有农耕工具，重寻父老宫棋。乡村悄悄乐居迷，美丽人归。

青玉案·赞歌献给共产党

南湖碧水红船路，共产党、初生虎。正值国家风雨暮，万千火海，十三员赴，历尽人间苦。

井冈号角红旗举，遵义光芒一春露。万里长征钢铁步，打残东日，打翻蒋腐，牢记人民顾。

南歌子·香港国安法颁布

七一回归日，国安法见时。风波修例去年悲，动乱香江、必定法严之。

二制无违动，牵情一国依。久安港法展雄姿，美好香江、稳定两边驰。

蝶恋花·中年烦恼路

柳老絮飞，随蝶舞。雷雨交加，车驾匆匆处。早晚上班忙碌步，往来止恨停留遇。

尽日操心持事苦，风雨无情，烦恼青春暮。应见奔波忠孝误，梦求日子清平路。

鹧鸪天·暴雨无边

暴雨连天一片愁，柳塘田舍潦神州。鱼虾岸上戏嬉乐，鸟雀亭前无处休。

雷电闪，海波愁，灾民爬上小山楼。军人奔赴冲涛勇，帐下师归退瀑流。

南乡子·看图写诗街灯

天际日沉西，街道来人逐少时。灯火荧荧，归路不迷离，点亮街头整夜随。

卿却勿辞疲，笑指游人夜夜归。万籁寂声，蚊子伴围飞，岁苦街灯叶底辉。

惜琼花·四川阿坝州壤塘县脱贫

深山见，惊巨变。脱贫阿坝绕，公路通转。壤塘天路云端显，羌族人民，欢笑容面。

网连通，宽带遍。手机山里妙，山货销鲜。万年飞越青山眷，多彩多姿，安福人演。

满江红·四川甘孜州脱贫

雪域高原，笑容绽、姑娘翩舞。嘎山脚、水明山秀，夕阳悠处。静卧高原峦起伏，微吟险谷贫寒苦。一道虹、尽点亮甘孜，扶贫炬。

初心记，人民主，多种法，攻坚赴。曾经亚丁村，男人无娶。绿鬓碧云天地阔，青山绿水金银吐。景区红，教育战贫穷，情歌楚。

清平乐·夏天荷塘的黄昏

荷塘翠翠，柳岸芙蓉媚。绿水清圆湖面醉，渔唱晚歌画璀。

夕照西下花迷，暮色初起萤飞。寂寂蜻蜓荷叶，急急燕子翔归。

清平乐·牢记宗旨

黄梅时序，落尽天边雨。多事鼠年魔鬼舞，惆怅人民受苦。

牢记宗旨民连，党员抗逆冲前。谁站在危险处，是谁扶困山川。

采桑子·上海大学生志愿者西部扶贫出征

青春呈献西隅去，丰美之花。丰美之花，尽展才能、艰苦地方爬。

千淘万漉多辛苦，朵朵朝霞。朵朵朝霞，身献西陲、洒向莽原家。

喜迁莺·青西郊野公园荷花

花映日，叶无穷。炎热夏天烘，荷塘千亩一颜红，圆叶满池葱。

湖水平，幽叶窈。树影漫游人少，听蛙虫鸟水声塘，郊野景观芳。

撼庭秋·咏　蛙

夏天连日梅雨，热闹成群聚。雨停云晚，池塘草地，朗声鸣鼓。

村庄悦耳，江湖欢语。害虫听惧，水边谋寻食，农田卫士，灭虫辛苦。

高阳台·云南迪庆高原脱贫

雄伟高山，幽深峡谷，飞流瀑布垂川。静谧湖池，清澈如镜蓝天。牛羊草地成群转，映两行、颈鹤并肩。百花争，庙宇香飘，美景无边。

极其贫困当年地，脱贫千万计，心志弥前。绿水青山，因地特色方千。高原明月新妆换，路子新、山地公园。种葡萄，药草青稞，香格飞仙。

促拍满路花·游本溪太子河

一水山城绕，两岸树葱幽。源分南北两支投，山清水秀，虫鸟树林休。珍稀灵物悄，野禽山溜，一湾碧水天修。

蜿蜒远去，人水协谐州。夜来河路闪灯眸，波光霁月，温婉似瑶尤。缓步游人醉，美妙梁河，扑腾激荡浪投。

南歌子·纪念建军 93 周年

八一军人节，南昌起义光。一腔心血洒疆场，八载抗侵除寇、蒋灭安邦。

九十三周伟，功劳盖世昌。国家安固若金汤，恰似猛龙披甲，华夏儿郎。

木兰花令·河南乡村振兴

两岸一望仙侣醉，农业千年新变味。康与否，老乡看，数代贫穷翻转喜。

荒瘠聚沙花果地，有致错然楼阁美。风光今日豫原奇，古老中原天地玮。

喜迁莺·黄昏荷塘

花不尽，绿无穷，眉月挂蓝穹。夕阳西下见莺匆，湖水一时红。

波逐流，人随晚，尖瓣小荷角婉。接天莲叶满池塘，萤舞闪微光。

少年游·第八次全国少代会在京召开

含苞亿朵，阳光雨露，花烂绽清纯。童年美好，秀姿多彩，八九照清晨。

深情诺许，心身煦润，宏梦属童身。殷殷无限嘱温淳，还赠少年人。

木兰花·天问一号

告别山川花草去，做客天边云外路。从容天问火星奔，另觅家园花影处。

万里苍穹环绕注，飞向未来探索赴。孜孜不倦渴求人，追究太空春梦妩。

踏莎行·"天问"飞向火星背后的青年科研者

壮志雄心，青春美话。鹏程今日去、寒空夜。年轻接力，航天史写。天问梦想、寻人居舍。

矢志追求，火星境乍。浴神征战地、近前架。匆匆一路，时间�暇。万无一失、地球来话。

踏莎行·太行王莽岭

月上奇峰，风生云吐。清凉圣境消魂处，太行王莽岭雄姿，风光秀美轻烟舞。

俯视东南，平临齐鲁。唯其独秀迢迢路，千层峭壁列环奇，悬崖绝壁盘公路。

离亭宴·玉溪抚仙湖美

万顷仙湖波悄，千里鸟飞鱼袅。水浸蓝天淳淡水，拍岸郁葱容好。彩色梦迷湖，掩映绿篱禾稻。

生态风花优造，游子万千车早。绿水青山金山是，梦幻花田鸣鸟。美貌建乡村，随着仙湖灵巧。

玉楼春·梅雨江南

梅雨缠绵烟柳路，月夜翠阴千点絮。江南千百美花姿，水上鸳鸯双浴舞。

纵横多情风景妩，仿佛无痕仙女步。乍晴忽雨变多天，细语轻声诗意诉。

燕归梁·北斗卫星

北斗三号得见通，自主立新功。一心协作舍拼冲，上报党、尽怀忠。

追求卓越无生有，梦无断、少年翁。神州一技务球红，再去远、畅游宫。

踏莎行·壶口瀑布奇景

两岸悬岩，半空断壁。黄河急下湍流激，水腾空谷起云天，浊河滚滚飞流急。

十里青山，千峰沉寂。壶头扬起波涛涤，奇姿瀑布泻腾冲，何曾揽得舟樯一。

水调歌头·抗洪一线

滚滚洪峰突，隐隐树枝伸。苍生挥泪，生命危险水围沦。洪水滔滔势汹，夜鸟茫茫伤苦，迎战水魔巡。千峰巍然在，一线有情人。

山洪暴，房屋倒，百姓呻。红星奔赴，同黑水乱石争民。回首怅望去远，满目凄凉梦断，共产党员身。党性浪头见，党语一言真。

苏幕遮·立秋

串葡萄，丝柳舞。叶落知秋，今日秋归赴。明灭流萤频跃顾。织女多情，更在星河处。

夏还浓，秋已驻。八月甜瓜，卧听牛郎诉。夏色天云飞速去。黄叶秋声，顿感凉生步。

御街行·美丽神秘的喀纳斯湖

环湖仙境炊烟袅，一片神奇少。生机勃发翠峰千，变幻色湖神妙。草原飞马，松林鸣鸟，喀纳斯湖皎。

万千绮丽微澜悄，水色随天巧。草原观景自然颜，独特民歌情窈。风光旖旎，波痕次第，山谷清风好。

生查子·八月江南荷花池

芙蓉出水来，莲叶无穷碧。鸳鸯引颈情，燕子相逢密。

花姿各异容，千媚池塘寂。无语意情真，有香明心迹。

渔家傲·乡村夏夜

晚霞西边红满际，轻烟落日诗情意。夜色紧随牛背尾，风叶底，乡间一曲村童戏。

绿水悠悠新气异，青山寂寂家园丽。月色夜空深邃地，萤火细，蛙声一片田园绮。

望江南·江南初秋虫鸣夜

江南夜，虫叫满田丘。天籁清歌风娓娓，湖山明月故人留，声美是乡愁。

星汉媚，点火闪新秋。林树泉流凉爽夜，野塘山色悦歌投，乡梦夜悠悠。

浪淘沙令·莲花岛游

水鸟海翔啾，贴水寻搜。浪淘风助去无休，点点翠山天际远，晚接归舟。

回首海东流，雾淡深幽。莲花岛上拜神求，度却人间多少苦，人做天眸。

阮郎归 · 朱家尖海湾

浪花卷起水围山，初秋临海闲。沙滩边上望舟还，绿波沿岛环。

涛声老，拍沙湾，来回不断顽，人生尝尽几多酸，必须冲险关。

望江南 · 游香山

香山夏，泓水起涟漪。芳草千花争艳斗，青山无语向人依，峰影月波怡。

香火寺，薄雾绕炉移。诚意烧香菩萨妙，有声花落黛娥悲，诚是善心随。

山花子 · 党员挺立在抗洪一线

暴雨哗哗下九州，风云突变水凶愁。洪水扫除党员战，汹涛沟。

恶水不消坚不撤，党旗高举灭洪流。生命安全唯首位，水灾休。

忆江南·乌云压顶

乌云压，嘉树傲顽天。寂寂平原葱绿草，萋萋空谷翠枝妍。顽碧战危千。

平湖乐·宏村

池塘烟叶立婷秋，澄澈湖莲藕。泛起微微水波走。远山丘。
古村疏影幽香有，九萦街道。百年书院，徽派建修楼。

江月晃重山·双河洞

原始丛林莽处，不知风月山川。洞天奇异百姿翩，宫花老，皱壁水山眠。
洞里人迷鬼幻，岩间风逗神千。双河溶洞产奇仙，玲珑透，鬼斧绣工妍。

菩萨蛮·处暑

蜻蜓数只闲临水，鸳鸯成对倾心喜。八月泣寒蝉，一行鸿雁天。

气温仍旧暑，早晚会凉许。秋雨打花黄，禾瓜渐熟香。

蝶恋花·赞仙鹤

草泽高飞仙鹤舞，游戏溪滩，展尽英姿栩。生性恬然清白妩，士风飘逸风流聚。

跳舞成双家落户，鸣誓青天，永远忠诚侣。恩爱白头无乱举，精诚知己持家努。

生查子·赞烈日下的女交警

烈日警花忙，炙烤人流指。"舞姿"飒爽挥，背面浇流体。

汗水打头盔，疏导车前驶。坚守到残灯，和霞下班美。

临江仙·抗战胜利75周年

天地英雄多气概，山河壮士意弥坚。追寻抗战涅槃踅，白头兵士在，回首战场艰。

一寸山河三寸血，千秋英烈万清天。弱贫挨打国强安，神州腾举史，抗战代臻宣。

鹧鸪天·女儿生日

小女成家美国忡，相牵遥远奈何风。女儿天上玲珑月，仙子人间窈窕童。

家万里，国西东，几回魂梦唤儿踪。今逢爱女芳辰日，万语千言祝福红。

菩蛮萨·夏日农村

南风细细芙蓉枣，村庄一路人花鸟。夏日果园香，炎烟竹叶凉。

啼鹃欢乐处，过雁多情去。黄雀树林鸣，猫儿追逐争。

浪淘沙·长三角迈向新格局

潮起海天青，帆满航争。千帆一道带风生，万里千寻冲激去，一体充盈。

绿水碧山清，画景康声。国家战略指途明，三角一连新际遇，天上仙惊。

南歌子·上海苏州河早晨

草木芳菲处，晨曦初露时。苏州河岸练身姿，散步游园、乐事享多之。

点点江鸥动，声声夜鹭随。聚焦群众乐欢怡，美好申城、上海市民嬉。

菩萨蛮·青浦叶港村

村庄户户闲临水，花香处处垂杨里。村舍白墙连，小河人荡船。

五家清代屋，三里桑田熟。白鹭息栖塘，碧波叶港庄。

谒金门·清晨荷塘

浮叶袅，红绿满塘清晓。一景幽芳情未了，玉立婷婷窈。

扑面清香添烦恼，唤起慕容多少。莲叶芙蓉池悄悄，悦心都醉倒。

眼儿媚·长三角守得绿色发展

三角江南好风光，河道错连航。守牢绿色，水清山秀，天碧花香。

保绥修复湖山景，共绘骏图商。长三一体，溪声慷慨，岭翠芬芳。

冉冉云·中央关心西藏

万水飞腾百山远，奇迹随、小康初绽。民是本、沧海桑田天婉，景美展、桑花尽赞。

政府扶贫西陲焕，特殊区、挂心在愿。飞抵藏、建设亲临巡建，一路西藏民健。

渔家傲·清晨观鸟

早起清晨随处鸟，芦花绿野多情绕。求得两情琴瑟好，声美晓，风格迥异歌声早。

日月自然浏览鸢，利名不与溪湖草。喜看水流冲海杳，堪一笑，桃花源地安居道。

千秋岁·工地艰苦七夕也浪漫

打工艰苦，真爱飞空舞。快递送，玫瑰举。他乡漫漫雨，今夜盈盈语。人两地，爱深七夕微波聚。

送我花馨缕，对酒烟霞处。情人节，微言诉。两边魂梦断，一束红花互。风雨隔，恋人七夕情聊叙。

渔家傲·闽西南土楼

伫立夕阳千嶂绕，静听落叶土楼悄。竹海晚风幽窈窕，山水渺，柔和月色清泉道。

临水占风山野造，背山为屏前溪抱。历史悠长楼施巧，造型好，桃花源里人间老。

诗韵心声

一丛花·密云水库

粼粼万顷碧波流，光闪耀天投。涟漪浅动明珠见，秀丽景、引诱人游。滴翠满山，吹风一路，纯净水清悠。

水中孤岛树葱幽，长满草丛丘。微风一阵人来爽，碧波泓、几万民修。山秀水清，气灵树古，水库密云优。

夜游宫·乡村和城里的秋夜

萤火星星点小，晚烟淡、初秋凉早。虫语蛙鸣树影悄，赏星空，水村庄，秋月皎。

璀璨灯光绕，在城市、街头人浩。长夜公园草坪好，手牵伊，恋人肩，欢乐道。

踏莎行·美丽中国

绿水常流，青山永翠。金山就在清川地，江湖纯洁利人民，环舒不负珍它视。

地脉人间，蓝天雁比。子孙后代多留置，天蓝地绿美家园，人然处处和谐喜。

清平乐·东江晨景

渔舟驾雾，江上轻烟舞。两岸徐徐峰峦露，摇橹蓑衣风雨。

破晓日出莺飞，冲寒月落鸡啼。撒网渔夫巧妙，空中划出兜围。

减字木兰花·白露与秋思

时间白露，摇曳秋思情韵诉。晨起圆珠，绿叶轻黄好景图。

荷花落尽，妍妹独归遥念尹。情起家乡，错落秋林与静庄。

木兰花令·江南翠竹

翠绿满坡繁叶舞，陪伴两旁芳草树。林寂寞，叶参差，碧绿荡漾青翠妩。

老的皱眉弯腰俯，新的挺争竿刺宇。坚贞勇敢逆时徐，群鸟筑窝家乐处。

醉花阴·青海囊谦胜境

明珠一颗镶嵌璀，生态囊谦媚。青海最南端，富艳神奇，鬼斧神工伟。

恣游璀错山眉翠，圣境江河水。重碧看峰峦，密布河流，鸟语花香醉。

蛮菩萨·弘扬抗战精神

英雄礼敬名扬美，王师抗战精神璀。生命不终追，保家卫国威。

当年忠勇虎，忘死舍生赴。抗击日魔捐，英名世代宣。

阮郎归·人去终不归

芳园明月水边山，人徒终不还。参差乱道鸟飞环，多情岁月牵。

人语远，鸟啼怜，独游看水潺，怅然云路送双鸳，离愁有意烦。

卜算子·弘扬抗疫精神

惊心疫情狂，举世同心意。大力弘扬抗疫神，至上人民帝。

忘死舍身前，接力攻关励。共苦同甘胜利唱，制度优尤最。

采桑子·齐心协力世界更美好

齐心团结和谐好，携手前行。携手前行，共克时艰、经济复苏明。

开通洽作包容赞，互利同赢。互利同赢，团结多边、服贸会①人情。

注释

①服贸会：指服务贸易交易会。

浣溪沙·生命至上不畏战疫

砥砺风霜抗疫声，聚然袭击刻心铭。筑基制度势优明。

生命至高无阻战，始终风月不知情。人民至上战胜魔。

临江仙·宁波月湖

月湖灵动芙蓉美，举杯看月苍穹。四时花木映湖中，百年台榭晚唐风。

胜景三堤桥七座，璀璨文化诗浓。玲珑湖月碧波容，依稀灯影晃黄蜂。

河满子·雪山乡脱贫致富

远处高山雪耸，近边芳草芬菲。草上小楼雕梁栋，树头幽径牛肥。富贵人间怀远，雪山崖下舒眉。

云路烟霞鸟语，草原诗画花飞。一片羊白神圣地，特珍丰富山陲。成败举旗惊目，雪山无限甜梅。

御街行·重庆原乡淮远河

蜿蜒流远河淮逦，鸟语花香地。原乡美妙拐湾河，两岸绿成荫你。可叹山色，伤心河道，今已鱼翔喜。

绣花功细清澄底，绿水青山市。一湾清水望原乡，绿化景多园绮。随风明月，见山有水，夜静乡愁起。

唐多令·游原乡淮远河

山水绕城环，池塘泛起澜。满目苍、巴岳山磐。荡漾碧波淮远水，杨柳岸、水山安。

流水放歌潺，落霞无语姗。小城街、花草悠闲。缓缓水流苍翠色，优美曲、鸟声欢。

虞美人·夏日听蝉鸣

村庄烈日葱葱绿，到处蝉声续。高超演奏树无言，朝起暮来明月、夏年年。

蝉歌日夜槐杨在，烦恼常溶解。美柔甜软你身心，动静相依人喜、听蝉吟。

南歌子·青年抗疫战主力军

脸带孩儿气，青春当妙时。捐躯忘死战熊罴，稚气依然参战、疫情飞。

国栋希望有，江山岁晚悲。斗魔擒捉挺身持，抗疫战场勇敢、献身驰。

念奴娇·人民至上

长河奔涌，见千回百转，逆折千里。不畏牺牲宏志在，上下五千年事。血染河山，魂归丘壑，前仆红旗递。心怀家国，扫除危辱挺起。

抗疫胜利弘明，为民负责，党领头人伟。举国同心生命上，制度优良呈美。寸意丹心，白衣浩气，尽显风流你。中华民族，一枝灵秀芳懿。

虞美人·因地制宜奔小康

深山地处边陲末，僻壤穷乡月。山珍野味物饶丰，生态宜人仙景、绿丛中。

荒凉恶水贫穷在，攻克扶贫改。构图生态脱贫廊，百计千方扶助、小家康。

少年游·还巢年轻人给乡村带来活力

乡村发展返乡回，理念带来希。年轻有为，情多千里，无数技能归。

摆脱贫困方法百，因地制宜肥。绿鬓从来，寸心可念，乡梦小康飞。

秋夜雨·秋分想到

秋分昼夜时间巧，秋风秋雨禾老。苍山烟雾起，碧海阔、芳花开道。

园林桂影香三里，笑语欢、扶困山绕。脱去贫苦好，党领导、安康人早。

临江仙·多边主义好

不惧风霜前去，多边推动球芳。长河倾泻不堪狂，淡云孤雁远，合作共赢商。

突兀其来冠毒，明彰人类联航。百年无有变天遑，多边主义好，单干路穷伤。

苏幕遮·长三角明珠，浙江金华

水清清，山翠翠。三角名城，烟雨金华丽。千古风流豪气势，三面环山，四省通衢利。

药材乡，泉水媲。影视公园，毓秀钟灵媚。古月桥潺流水细，八咏楼台，水墨迷人醉。

西江月·重庆南川庙坝村脱贫

满眼翠林遮路，一村芳草连湖。十多急转道坡徐，遥远山村康步。

路越走风光吐，人民甜蜜香酥。村庄绿起变明珠，味苦黄连致富。

留春令·人民至上

半条床被①，党群依约，如河鱼水。细听人民放声歌，报国志、忧民事。

至上人民宗旨倚，勿愧人民意。风雨同舟万家连，自信路、初心记。

注释

①半条床被：指红军长征故事。

望远行·游富春江

碧水春江永日流，青山芳草看花悠。龙门古镇有名尤，东吴孙帝后人稠。

明清筑，古祠幽，富阳山水似雕修。春花秋景夏葱丘，冬来霜雪美情柔。

诉衷情令·时刻为人民

为官之道在民安，群众在心田。解人民之忧患，否则摆摊钱。

宗旨记、后人传，此时先、知难攻取。冲在险前，同富康安。

河满子·认真学习"四史"

四史学真信念，寻求历史周期。不断追新推进。

青春常葆雄姿，党的领头最好，善于自我批撕。

画堂春·在孤岛农家乐

四周葱绿水微泓，水围小岛清清。果林香味半空盈，农乐家情。

夜月小舟摆渡，晨霞远树山萦。鲫鱼跃水舞姿轻，此地长生。

踏莎行·安徽山里

村里农家，竹林天地。雾开山绿迷人醉，百花争艳美无穷，有风吹叶秋高里。

寂寂溪流，苍苍山翠。攻坚扶困农村美，秋风遍野果茶林，神州大地山川伟。

谒金门·房车露营

秋雨霈，淅沥满山寒蕊。秋色碧山湖水媚，轻风摇草翠。

露气房车酒醉，山色车中梦寐，清晓渔郎舟影美，鸟鸣鱼跃水。

虞美人·得一知己足矣

湖波月下天连水，夜景轻烟起。翻飞白鸟贴湖翩，几向柳亭边泽、去回还。

浮云急速秋光老，黄叶纷飞道。故人归去不须猜，知己难求得一、足心唉。

浪淘沙·日子不平常

山下美湖塘，红绿花芳。微风冷冷叶成黄，水上鸟飞虫躲避，气爽秋光。

日子不平常，忽起风狂。一生艰苦又心伤，不是一冬寒彻骨，怎得梅香。

西江月·中秋共话家国情

秋色每年似旧，暮云百里轻烟。夜临处处彩灯连，成对成双人恋。

家国情怀民有，中秋欢乐团圆。细涓之力汇成川，家乐安康歌串。

诗韵心声

浪淘沙·人生转身斜阳

六岁远家乡，生世凄凉。顽皮遭打想爹娘，年幼对牛含泪水，辘辘饥肠。

生性本淳良，见泪随伤。一生曲曲事窝囊，惊起梦中人暮也，已是斜阳。

清平乐·中宁枸杞脱贫

黄河岸路，古貌新风处。一座华严伽蓝古，矗立家田花圃。

六月杞树飞红，四时药果寰中。飒飒秋风增色，桑花摇曳随风。

减字木兰花 ·重庆庙坝村[①]

蜿蜒小路，巍丽青山连雁舞。山里乡屯，地处高寒穷困村。

黄连虽苦，带走村民心下堵。蜂蜜游川，庙坝山区乐满天。

注释

①重庆庙坝村：该村利用黄连、蜂蜜、旅游脱贫致富。

诗韵心声

诉衷情·忆在校读书

空闲静忆校园楼，杨柳摇窗头。晚修自写诗页，寄意画神州。

人恳恳，志悠悠。几多秋，突来"文革"。学校关停，转首人休。

诉衷情·相思离人远

酒楼见得淡妆西，窗外月光微。栏干曲处人待，葱绿闪灯迷。

花看好，月牵衣。决心依，断肠离别。空有誓言，音隔人凄。

临江仙·双节六亿人次出游

六亿人遨游去，分明经济翻苏。回头消疫亿家居，万千英烈勇，身赴死危途。

付出牺牲才有，治邪成果他无。今朝全国旅游徒，黄金周大考，家好小康图。

河满子·透视 2020 年中秋国庆

武汉樱花美景，古今秋水流情。透视华诞圆月事，仲秋时候人盈。读懂山河无恙，梦修家国康成。

中国人民至上，美夷山水悲声。八天佳节秋游热，复苏之路艰铿。来享抗魔成果，助推疆外皆赢。

生查子·深秋送好友

深秋老叶黄，落日残霞聚。岸边舞美花，影里浮舟遇。

送别西行人，千万叮唠语。望断远人方，魂销离人处。

水调歌头·云南腾冲佤族村脱贫

佤族村貌改，古寨变新颜。崭新房子，马路通畅设施全。早晚清风回影，远近梯田斜上，美景绕连环。青山绿湖水，白首战贫寒。

憔悴去，凄凉断，幸福安。鼓声敲响，为美好画彩加妍。山水田园换貌，烟月苍茫古寨，花鸟对相欢。再唱新歌笑，又见夜情闲。

临江仙·西藏波密脱贫

远处高峰耀眼，藏山河谷多姿。冰川延绕入林垂，淡云冰雪远，幽鸟落花飞。

原始森林人影，千年唯有穷随。脱贫攻战进西陲，安康中国梦，波密暖风吹。

河满子·寒露气节

袅袅凉风一路，茹茹寒露还乡。一阵雨来秋意醉，数星明月情肠。小麦今时耕种，桂花随处飘香。

时掘花生藕芡，捕捞鱼蟹河塘。闪闪晶莹珠水滴，足高怀远秋光。晨见露珠云影，月明云气初霜。

卜算子·长三角一体好

沪浙苏手牵，一体长三好。三地通连快速飞，互补短、翩翩抱。

蓝图描绘巧，明月同舟照。江水东流三角通，互认一、平台造。

南歌子·抗美援朝老兵

月无声去，英雄有迹踪。援朝生死已朦胧，百战卫家安国、生死飞冲。

解甲归田后，投戈在野农。天公能晓老英雄，隐姓埋名山水、再立丰功。

朝中措·赞科学工作者

人民服务记心中，勇敢步高峰。科学攻关登揽，功名利碌尘封。

追求真理，何妨零落，成果飞红。生命献身科学，胸怀祖国情浓。

卜算子·丰收喜人

彩色斑斓秋，远近烟霞绕。洋溢田间稻黍香，处处乡村笑。

塞外麦葵余，故里金黄稻。叠翠流金粮满仓，唱响丰收调。

诗韵心声

鹧鸪天·深秋雨伤

不断秋霖细密茫，无边寒草倍凄凉。夜临风急花知苦，冬近香残叶落伤。

声悄悄，水汪汪，几回翻侧梦还长。秋风吹叶枯红变，流水穿花别泪庄。

江城子·重阳节

水清天好柳田庄，菊花香。桂花香，九九登高、思念在遥方。流水云霞秋色美，无尽意，寄家乡。

满山遍野吐芬芳，早重阳。晚重阳，烟淡云轻、尊老节情肠。孝敬老人传统美，回首老，后推浪。

鹧鸪天·脱贫不返贫

决战攻坚脱困康，英明政策好开航。重修摘帽建机制，再补凭河制度昌。

措施准，守遵章，确查全面扫除荒。保持政策扶贫稳，建立还贫监测防。

诗韵心声

生查子·重阳菊花

九九节重阳，吐艳争奇菊。凌霜斗寒萧，弄月秋深独。

妩媚多姿开，素淡芬芳族。不畏雪霜风，长留馨香馥。

南乡子·深秋重阳

翠雾起迷烟，飞鸟流霞远际天。黄叶白云鸿雁去，迁迁，秋色无穷菊色妍。

虫语鸟鸣欢，浅醉秋光倒影前。落日月华香气满，天天，岁岁重阳爱老先。

生查子·凤中退休老师一日游

秋深花展红，霜落天凉早。郊野浦江园，喜聚闲休老。

菊色黄，花枝小，翁媪犹年少。忆起上班时，碌碌忙忙笑。

诗韵心声

生查子·社会主义制度好

勇立潮头超，领导前飞去。改革创新舟，破局攻坚路。

人民至上勤，造福人民富。历史跨腾艰，制度优良护。

清平乐·新疆脱贫

新疆展翅，万木逢春喜。绘就新图繁荣市，一系列康民事。

幸福送到天山，江巴脱困新颜。沙漠绿洲奇迹，社会稳定边关。

渔家傲·深秋丰收

一雨方知秋又老，三更始觉霜临早。杨树已叹枝蔓少，凉意绕，深秋顿觉天寒到。

一片茫茫田野稻，千家滚滚丰收浩。北雁奋飞南去悄，花朵袅，秋风吹过芦花笑。

诗韵心声

采桑子·霜降

金秋霜降冬前节，露结成霜。寒绕山冈，万树渐凋水浅塘。

天空澄碧凉风悄，山静红黄。花落微茫，红染层林一片芳。

蝶恋花·深秋

夕露深秋惊叶落，飞舞盘旋，入地成肥药。天气变凉秋韵脚，风光足遍黄花跃。

尽染层林红绿各，秋雨时飞，顿感丝丝薄。露水为霜千树削，凋零万物西风略。

临江仙·顶尖科学家盛会

上海高朋满座，全球科学家联。天高云淡聚科仙，顶尖科学会，星闪烁蓝天。

科技创新高地，撩开迷雾当前。未来科学众多艰，时危大海涌，书写计谋千。

阮郎归·第三届中国国际进口博览会

东方之约友朋肩，商家参展千。深秋三届浦江边，风云际会间。

携手进，故人还，多边世界欢。开门中国力擎天，全球合作前。

菩萨蛮·常山球川古镇

山围四面川流水，清朝老屋南坡起。燕子出门飞，宋元遗老归。

迂回通达好，淑气腾辉老。鹿鹊凤猴前，神奇老屋泉。

踏莎行·长三角成立一周年

水照江烟，霞明浦月。青吴嘉一条河越，夜船停泊静无声，江平万顷啼鸫忽。

一岁长三，千寻万掘。深溪水道滔滔渤，滋生两岸秀风光，悠悠古镇千年凸。

南歌子·第三届进口博览会

进博连三届，商场合作欢。秉持开放利赢钱，一个坚贞承诺、中国扛肩。

世界风波险，多边贸易牵。共赢商利地球联，人类辱荣携手、命运相连。

满庭芳·中国引领世界经济复苏

黄浦江边，秋风黄叶，第三博览开张。精英云集，三届会隆昌。应对风涛挑战，共牵手、多国参商。疫情遇，变形世界，命运一舟航。

多边团结好，苦甘与共，中国承当。不断有，西风肆虐猖狂。大小并肩共进，克艰险、勇气高昂。全球盼，寒冬终去，中国带头郎。

水调歌头·长三角一体化

一江烟水阔，两岸美花香。长江三角，青嘉吴①水绕村庄。万顷良田肥沃，落日五湖霞影，绿树百花芳。悠悠水流去，悄悄月斜光。

沪苏浙，连三角，互学长。带头引领，发展一体化新妆。莲叶田田喜笑，明月盈盈缥缈，经济日增强。古镇江南色，鱼米水家乡。

注释

①青嘉吴：指青浦、嘉善、吴江。

诉衷情·立冬

秋风吹尽叶飞塘，寒意侵来庄。立冬阳退阴上，木叶半青黄。

风凛冽，雨凄凉，树枝光，渐寒天气。将暮林烟，梅菊妍芳。

满江红·三十年浦东敢为人先

东海之滨，长桥下、高楼林树。画卷阔、沧桑惊变，浦东龙舞。三十年新区变也，领头雁起飞黄浦。展翅前、而立浦东人，潮头赴。

高起点，坚贞步。宽领域，全方顾。开城不断扩，道沿高处。君再听、青春歌奏响，明星项目纷纷驻。看而今、奇迹浦东纷，初心路。

念奴娇·铭记抗美援朝青春英烈

援朝抗美，灭豺狼无数，英雄人物。不畏强兵，忠勇战、无惧艰难危绝。荡气回肠，保家卫国，战士年轻别。英雄儿女，舍身忘死拼决。

遥想恶战当年，与狼同死，记杨根思。大火烧身，人不动、邱少云牺牲诀。扑向碉楼，挡牢喷射，黄继光英杰。青春华彩，中华儿女奇节。

江城子·凤中第 63 届部分师生聚会

少年离别老相逢，水流东，一生匆。绿鬓朱颜、重见已衰翁。无奈离情辞别久，甜酸苦，古今同。

今天相见满杯盅，诉由衷，百千忡，为问新愁、微语学来通。别后浮生千万绪，聊难尽，健康翁。

诉衷情令·霜降来临

霜花满树月寒天，冬季到来前。万丛收聚花落，硕果满香园。

霜月夜，景秋烟，叶凋残，菊花相对。霜降来临，秋叶飞翩。

卜算子·交友须谨慎

交友要谨严，邂逅良知老。诚实之人交往忠，水涨船高好。

搭上坏人头，有恨无人晓。势利求荣绝不交，害你人亡早。

诗韵心声

一丛花·深祝

枫林红叶满山头，霜后美姿柔。南飞北雁蓝天见，远离去、已是深秋。缭绕白云，依稀小径，黄叶日枯休。

西来风向叶飞州，田野旷然幽。深秋似墨秋虫唱，你细听、秋果歌悠。秋色遥思，寒香自放，无尽祝康投。

沁园春·万里长江绘宏图

水道黄金，万里长江，江阔水涟。见芦梢摇曳，波心浩荡，云峰相伴，石壁飞湍。环境修来，有香不尽，现在鱼虾多见连。夕阳下，对粼粼江水，感叹奇千。

长三万里争妍，一体化、宏图绘百年。有万千浪涌，无穷月满，一江清水，两岸飞泉。绿意苍然，村溪水绕，鸟类翱翔江上天。高歌进，但江河修复，道路还艰。

鹤冲天·十五国 RCEP 协定签约成功

商谈合作，条约终成具。最大市场定，成功步。疫情之下约，光明启、风霜露。合作同赢互。自由贸易，十五国签约付。

多边主义包容肚。世界经济复，人民舞。自贸全球启，艰苦得、高低路。巨大商机遇。东盟期待，一带一路同赴。

西江月·上海苏州河巨变

一路蜿蜒水转，千般欢乐人间。花香鸟语岸边颜，宜业宜居亲见。

两岸风光美展。一弯新月花烟。舞台百姓主人前，绿地苏州河漩。

风入松·小雪节气、南北相差大

气温下滑逐趋凉，寒意侵堂。北方进入严冬季，地冰封、大雪飞狂。天气越来越冷，雨声庭下凄伤。

菊花开晚百花香，小雪南方。眼前秋景依然旧，绿红黄、草木葱苍。莫怪虹消无影，已知雁去南方。

武陵春·巫山红叶

红叶巫山秋色写，树影绿潭投。草色氤氲碧水幽，红叶满山悠。

荡气回肠千仞壁，人醉叶红州。两岸红辉聚啸猴，一路烂斑秋。

洞仙歌·纪念抗日战争胜利

枪林弹雨，记神州儿女，反法西斯战争举。意贞坚、卓绝艰苦空前，仆后继，无数英雄泉路。

人类公义战，家国生存，时见铮铮好男赴。血肉筑长城、动地惊天，波澜壮、史诗雄踞。料永远、人民记千秋，匹夫责、和平取来艰巨。

水龙吟·安徽浮山

浮山延续千年老，白荡湖边浓睡。山浮水面，水盈山月，细香山翠。疏影泉声，白云足遍，火山奇异。乍寺塔亭楼，峰云有影，人文景、黄金地。

春夏秋冬景美，煮烟霞，草芳风媚。壁书石刻，名扬天下，书笻万计。山秀玉川，气灵金谷，状元公醉。念浮山发展，时逢恰好，有扶贫计。

念奴娇·弘扬劳模精神

太空追梦，见嫦娥五号，敢为人早。钻地刨金寻觅处，不断创新奇好。抗疫疆场，迎艰而上，生死交争悄。脱贫帮困，记初心不改浩。

奋斗一线精英，杰魁人物，最美他们皓。没有豪言虚语说，岗位平凡身巧。坚守初心，为民服务，勇敢冲前好。人民楷范，无私倾献人皎。

醉花阴·嫦娥五号发射成功

轰响一声嫦五速，明亮苍穹扑。潇洒月宫飞，唱起高歌，掘壤嫦娥陆。

夜空寂静疏星祝，蓝色星球目。分巧稳连交，定位精良，自主中华独。

阮郎归·东盟

山河相接血缘亲，东盟关系邻。守望相助外交醇，加深互助频。

山不老，树长春，更多亮点纷。东盟中国互赢真，双方一路欣。

苏幕遮·深秋迪荡湖

稻田黄，山色翠。阡陌相连，迪荡湖光媚。凉意丝丝鱼跃水，鸪鸟声声，脉脉涟漪水。

落花香，明月醉。树叶红黄，远眺回廊玮。生态休闲梁祝酹，岸上公园，迪荡新城伟。

河满子·"奋斗者"号万米深潜

勇下深洋无畏，海沟探险争先。逐梦幽深科考，载人雄士追攀。万米尽收眼底，海深中国攻关。

木兰花令·山村绿色蝶变

气爽叶黄秋水阔，花落果香霜草歇。追美景，换丰年，绿色蝶变郊游热。

各地去贫千百计，依靠人民贫脱细。穷山恶水笑颜开，中梦小康声赞世。

武陵春·大力弘扬劳模精神

财富人民劳动得，幸福也来身。大力弘扬敬业民，模范是功臣。

社会进步靠劳动，成就蔚然春。默默劳模奉献勤，致敬立新人。

西江月·党的青春密码

过去不辞常在，未来更是先知。百年大党密言持，服务人民心记。

作始久时毕钜，开天辟地猷为。万千险阻誓言提，根蒂人民党系。

生查子·勇于攀登

浩瀚海洋探，美妙苍穹绕。海沟万米潜，背面星球拷。

奋斗者海沟，嫦五天宫道。突破核心关，攀登勇于巧。

卜算子·奋斗海沟、嫦五吻月

奋斗下海潜，嫦五飞天绕。勇敢攀登自立强，条件艰难扫。

无惧挫折多，勇往崎岖道。燃烧青春信仰坚，闯破疑难造。

忆旧游·长征精神永放光芒

记长征故事，慷慨红军，千万英雄。无数牺牲烈，忆强攻大渡，草地潭窿。雪山十座翻越，有党指挥冲。听号角声嘹，前亡后继，倒地跟踪。

追风，敌人众，对党内斗争，环境凶凶。危亡千度险，叹红军奇迹，时建丰功。革命圣火安好，星火燎原红。喜大地神州，长征旗帜飞舞龙。

减字木兰花·美丽乡村游

青山绿水，空气清新光影翠。浓郁乡愁，美丽农村客旅游。

湖河绿道，三五成群鸳鹭草。特色风情，水阔粼粼苇絮轻。

青玉案·对口扶贫加快摘帽

穷乡僻壤扶贫路，结对子、东西助。致富脱贫穷困户。水山峡谷，古今人苦，唯有扶贫去。

卫生教育帮扶赴，雨雪征程不停步。对口帮扶城市付。共赢红利，跨飞千距，贫困除根努。

定风波·浪漫深秋

黄叶红花秋去迟，白云碧水雁归时。靓色娇妍红黄麝，幽雅，婆娑优美动人姿。

静谧恬然葱翠美，秋意。烟霞倒影远山迷，水月交辉诗酒境，吟咏，波光互照岸斜枝。

定风波·抗疫脱贫中国好

冲远前方党领航，疫情洪水泛癫狂。变局百年凶未已，浪起，全球经济落低伤。

抗疫脱贫赢得早，微笑，人民至上五洲香。试问为何中国好？答道：初心牢记永毋忘。

南乡子·不寻常的庚子年

不幸庚子年，回首征帆奋力千。明月不知灾祸苦，艰艰，牢记初心壮志坚。

攻战脱贫肩，不忘人民抗疫前。但见有情生命上，民先，遍看神州绿水川。

八声甘州·江南乡村振兴

对涓涓流水绕江南，小桥古村烟。听水东流淌，湖光山色，灵动姿千。到处红花绿草，气象百般妍。街镇依河岸，因水而迁。

候鸟翩翩云水，草木葱翠翠，万顷良田。问乡村发展，文化引庄前。产业兴、农民富裕，特色村、风景旧曾安。村庄绿、古香古色，梦笑江川。

卜算子·夫妻和睦

往事要清零，岁月随流去。没对时间仔细聊，不料年终处。

争吵太多悲，和睦携扶侣。美好家庭快乐舒，不负今生遇。

唐多令·鄱阳湖候鸟

候鸟作天堂，游鱼尾接狂。壮观湖、美水鄱阳。群鸟飞来迷一片，湖浩荡、鸟翱翔。

千里有情芳，一望无际茫。舞随风、芦苇斜阳。水鸟类名多百数，环境好、故乡塘。

小重山·西藏墨脱脱贫

墨脱蜿蜒山路危，雪峰孤岛远、雨林迷。山民原始火刀饥，穷困苦、扶困战贫追。

茶树变金枝，鱼塘成聚宝、石锅奇。果林成片有钱滋，农民富、欢乐舞多姿。

少年游·15 岁少年勇救心脏骤停老伯

英雄年少羽初丰，无畏世尘风。危急时刻，挺身而出，帮助别人匆。

老伯聚停心脏倒，救急少年冲。见义勇为，壮心之举，中国少年红。

临江仙·发扬伟大长征精神

万里长征迢递，千秋怀远西东。回头征路历程凶，不堪生命献，伟大远征匆。

将士舍身前别，山河归路昌雄。震惊中外壮心红，长征精意继，艰苦奋飞中。

忆江南·嫦娥五号取土返回

嫦娥五，人类探寻茫。搜索苍穹无止境，登临明月土搬装，回路胆惊狂。

回绕落，步步险情伤。辛苦嫦娥迁土返，奋飞神女月球忙，星土取回航。

谒金门·今日冬至节气

冬至节，星夜最长寒冽。露蕊梅含阳气勃，追思先祖烈。

萧北风，飘花雪，春意渐浓人悦。九九去寒冰上跌，严寒磨炼切。

临江仙·老区端金脱贫

三十多年前后，百千变化端金。扶贫精准富来临，家家变样，面貌换而今。

忆昔土坯泥屋，而今黛瓦楼林。扶贫方法雨般霖，老区康变，百姓笑难禁。

渔家傲·贵州绿色减贫

荒山石漠还绿好，溪声细细归田袅。涵养水源三壤保，粮食宝，贵州一曲扶贫傲。

绿水青山生态葆，蓝天翠色穷愁少。产业壮雄扶贫巧，坚韧足，贵州百姓安康了。

千秋岁·九峰山色美

九峰山翠，天淡湖清美。山挂月，湖携水。群峰浇泼黛，流水潺潺说。中国好，脱贫抗疫双胜利。

异彩缤纷醉，临水微茫萃。风景美，芳菲卉。鸟鸣云雾绕，月影星辰媚。政策好，人民生活安康玮。

点绛唇·九岁少年临危不乱

九岁儿童，英雄救火临危赴。稚桑声吐，楼道家家户。

呼喊邻居，疏散逃离去，沉勇步。少年强虎，家国安康路。

献衷心·抗疫扶贫中国担当

应对全球疫，中国英雄。方案好，早消虫。极不平凡岁，魔毒飞疯。防控策，方法送，国都同。

贫困减，带头中，八年冲力尽消穷。百花嫣妍好，头领前锋。援他国，倾力助，地球丰。

唐多令·美景在险峰奇川

湖畔草花悠，山前人语柔。鸟翩跹、草地小花羞。清净透明湖水好，有鸥鸟、泛轻舟。

攻战脱贫修，人民尊上优。保民生、惹住乡愁。牢记嘱吩肩使命，景多在、险奇丘。

洞仙歌·漫步苏州河

苏州河处，夜来流光雨。一水河边景眉妩，十八湾连接、故事多多，苏河步。海派风情仙露。

人民心上务，享受清河，河畔人文水山布。对话时空景、情意浓浓，秋千舞。携手依依情侣，出奇迹河边、看千姿，万众笑开颜、百年河煦。

雨中花令·冬天的芦苇

冷冷寒冬季节，粼粼江湖水澈。瑟瑟寒风芦苇立，瘦瘦坚强烈。

袅袅芦花飘似雪，起舞絮、满天飞越。雁影里、晚阳西下去，一曲渔歌月。

蝶恋花·牵挂

日日河边杨柳舞，风雨无忧，四季悠悠互。离恨芳菲杨柳诉，团圆山水波涛阻。

转眼云烟消散楚，寒雨冰霜，容貌何堪睹。一去音容烟柳暮，几回魂梦相逢沪。

临江仙·回顾与展望

远路征途去处，新年宏梦回时。回头艰苦二零辞，守持生命美，驱扫病魔移。

往岁几多祸变，初心勿忘民怡。信心充满展望追，康强中国好，二一远图诗。

小重山·中国领航

开顶风船冲远航，乱云飞渡滚、恶风狂。拼争抗疫脱贫乡，识远见、掌舵者明方。

中国领头当，率先经济上、复苏昌。全然控制疫情行，扶贫处、全面建成康。

解连环·共产党百年卓绝

百年前说，正风云变幻，饿夫挽越。党诞生、烽火连天，最苦处，民危族亡存灭。求索追寻，最终得、初心真诀。渴求真理战，百折不挠，万数英烈。

波澜壮怀岁月，历坚持久战，承载民勃。勇敢前、无畏无私，动地感天诗，苦寒凄绝。忠仆人民，立不倒、精神心骨。畏明纲纪一，清去腐材活血。

鹤冲天·铭记不平凡的庚子年

同心抗疫，奋进征程路。未遇百年变，人民赴。庚子铭往事，拼搏勇、成功睹。赞语全球吐。战贫战疫，唯有率先成处。

心中刻记人民主，高举思想帜，精神舞。记录时艰苦，还得似、当初语。服务人民努。人民留影，庚子注定嘉誉。

苏幕遮·游盐城

鹤飞翩，牛迹记。林果飘香，芦荡迷宫翠，唯一盐名城市地。神鹿呦呦，白鹤鸣声脆。

董郎魂，仙女戏。淮剧瑰英，别有情知意，乘上列车游世遗。文化休闲，品茗人间味。

南歌子·寒潮来袭

突起寒潮袭，愁生夜市城。沪城寒气下垂惊，一夜冰霜披住、城市灾生。

一水成冰险，连城似铁晶。令人欣慰措英明，温暖网开随伴、上海安平。

谒金门·老同学相聚

青春去，无计再回初步。霜鬓回头疑识互，泪光惊笑悟。

弹指一挥孙护，回首无情雨露。自己喜欢多去顾，暮年团聚祚。

贺新郎·设立警察节有感

仰仗平安柱，闪金徽、巡逻日夜，为民勤务。无畏忠诚随时到，民有难冲上助。一路走、琴心忠祖。浴血荣光民警影，有危凶、找警员随处。那里急，警员赴。

无闻默默安全布，执勤岗、寒冬暑天，万家灯炬。无限人前虚心意，不怨不嗔劝阻。利剑手、灭邪除蛀。对党忠诚初心记，勇担肩、奉献人民路，警察节，人民鼓。

谒金门·率先中国好

冬寒绕，飞雪满天花小。遍地银装披树草，雪停冬悄悄。

艰苦一年已了，战疫脱贫诗妙。制度优良头领道，率先神州好。

临江仙·赞上海发展

沪上初心源地，如何创造神奇。回头谋定向前驰，只争朝夕上，科技核心持。

优化空间格局，增加服务名垂。惠民生促转型移，宏图描绘梦，创造迹新随。

南歌子·全球政党云集中国

浩荡东风习，开门中国交。青山情意化河桥，党际关心、弹好协商调。

世界为公好，多边党际邀。为公天下自然聊，共克时艰、命运一舟潮。

西江月·最美民警

不怕冬寒民警，但求天下无凶。执勤抓捕敢于冲，不惧牺牲、英勇向前攻。

永葆初心奉献，递升本领心红。守牢家国尽肠忠，雨雪夜霜、村镇警巡匆。

念奴娇·党上海诞生百周年

峥嵘岁月，见明灯点亮，库门留迹。共产党开天辟地，第一次成功立。信仰之光，民心希望，从此神州国。党旗前向，把三重大山摘。

上海党诞生航，百年前月，意义非凡册。小小星芒燃遍野，今带领人民亿。奔向安康，翻新中国，红色基因激。启航征路，东方雄美图画。

双凤翘·党百岁华诞

七月一日，正是党华诞日。百年匆，辟地开天事。惊心万里冲。

不知多少烈，但见万千忠。身献神州地，永垂功。

卜算子·奋斗百年

上海石库门，嘉兴南湖水。辟地开天党诞生，百岁生辰伟。

越过急流滩，穿破惊涛驶。一叶红船此地开，永记初心旨。

卜算子·小外孙 15 岁生日

淡淡舞衣轻，落落人儿皎。得体容姿美丽花，快乐婷婷窈。

常忆小时乖，远眺童年好。十五姑娘典雅朝，恰似春花妙。

采桑子·美丽乡村

田园美貌乡村富，画意诗情。芳草分明，静静河流串越城。村里整修明。

屋前房后新风景，岸曲花倾。江上船声，湖色田园果树林，厕所造新棚。

永遇乐·共产党百年

烽火迷烟，兵戈满地，民苦无限。一百年前，中华大地，饿莩城乡见。九原板荡，国家混乱，共产党惊天诞。夜茫茫、风云涌动，十三党员燎遍。

艰难险阻，从容归路，抗疫脱贫身献。故事知今，中华望远，团结人民建。命途同一，一带一路，世界奔康宏愿。初心记、人民至上，领航致远。

八六子·从严治党

党风靡，害伤家国，严惩腐败常随。念百岁艰辛日月，一朝生死英雄，不容腐危。优良风气根基。打伞破凶三壤，除蝇捉虎驱魑。

纠抓四风常，党风廉政，必知难上。却将还恨，只须事业春风意气，江山明月琼瑰。百年移。初心永存记之。

八声甘州·青年跟党奋进

听呜呜号角响江天，青年满腔情。见救亡中国，推翻帝制，消灭倭疗。唤起全民斗志，跟党走青龄。奋进新时代，坚定心灵。

爱国青年志远，四方声号角，追梦千叮。叹鹏飞腾起，跨越万千阬。献青春、为中华美，上下求、虽九死无停。青云志、献身祖国，正女男青。

木兰花令·赞扶贫者

脱困攻坚乡下路，山峻水凶攀陡步。三更灯火五更鸡，万里云山千嶂处。

风雨雪霜饥渴肚，一片为民除却苦。天涯地远践登时，待到边区无困户。

阮郎归·候鸟

翩跹候鸟水云间，遥知北水寒。南方葱绿水乡烟，海滩芦苇欢。

群鸟早，百花妍，长途跋涉艰。欢呼雀跃万千牵，江南水碧天。

朝中措·哈尼梯田

蓝天湖影映晴空，云雾晚曦红。倒影梯田山月，吐云瀑布林丛。

哈尼美景，梯田大小，焕发新容。村落上方林水，田园稻谷坡中。

诉衷情·龙脊北壮梯田

梯田北壮景区前，清秀细啄千。气吞山河诗画，心醉浅深妍。

山岭处，美人田，有情翩，绿波金塔。入扣丝丝，四季神仙。

生查子·留沪过年

阻断疫情流，留沪新春度。真情给暖心，识体春欢沪。

送上爱心包，明月人情顾。风景浦江游，芳菲踏歌舞。

踏莎行·奋斗百年路

一叶红舟，千山万水。任凭雨雪交加至，开天辟地百年匆，惊涛骇浪红船驶。

穿破狂流，烧残旧世。急流险境锋芒，领航中国向前追，初心牢记新征始。

临江仙慢·扬帆再出发

　　万众一心搏，众山越跃，飞跨洪沟。不停步、征帆又发神州。心修，勇于奋斗，人民上，搏击汹流。前航处，水涨湍洄绕，依势而投。

　　回头，人间瞩目，消疫扶困双牛。百年来、无有变局怊惆。民优，党旗开领，千帆发，有志争球。光明景，逆水狂涛去，浪遏飞舟。

眼儿媚·防疫就地过年

　　辞旧交新岁除烟，回首二零艰。微言如雨，寸心似水，二一康年。

　　一帆风顺牛年里，国事顺通延。过年就地，身边暖在，防疫欢连。

青门饮·百年大党风华茂

功业千秋，百年求是，今非昔比，波澜辽阔。领导人民，历遭风雨，初志不渝忠烈。坚定雄心在，人民上、康强追夺。立党之本，执政之基，根扎民穴。

依靠人民飞捷，潮起落航安，秘方纯洁。党领航前，改天换地，抗疫脱贫双夺。前景光明处，站起来、富强雄列。百年成就，征程再布，辉煌年月。

少年游·慰问

苗家儿女喜盈盈，宾客远方行。乌江风细，芦花黄叶，山秀水清清。

身着绚丽民族饰，打鼓玉笙迎。欢快歌声，笑容洋溢，祝福更深情。

采桑子·家乡上海农村

花田花路花溪树，姿美家乡。姿美家乡，绿水清江、都市万千庄。

千村示范田园绿，处处花芳。处处花芳，杨柳青青、碧水缓流塘。

朝中措·过年

当前防疫外输艰，防内反弹还。减少疫情传播，过年就地春欢。

青山绿水，新年岁月，抗疫随先。巩固脱贫成果，坚持科技为前。

定风波·乡村振兴

绿树村边绕四周，小河水上似梭舟。蝶舞云飞田野处，花布，小桥台榭岸边幽。

绘就乡村丰裕见，已见，农民致富乐康悠。道路宅居清洁好，笑语盈盈，水墨画般州。

苏幕遮·在防疫中过年

贴窗花，樽俎豆。门上春联，联上呈祥首，红色灯笼高挂有。年画多情，更绘民间秀。

放烟花，觞故旧。喜气洋洋，就地安康守，春晚戏娱精彩久。笑语欢歌，共克时艰后。

喝火令·牛年咏牛

雨露勤劳守，耕耘最好牛。拓荒艰苦感人眸，朝露晚霜烟水，身绕百川畴。

日月披荆见，耕桑暮雨逌。岁寒飞雪不辞投，咏也勤劳，咏也拓荒丘。咏也满身牛劲，不怕苦忧愁。

满庭芳·新年砥砺奋前

相约春天，多情明月，此心安处吾乡。回家脚步，停下过年觞。美好追求愿许，过年就、随地安康。新年里，初心牢记，再出发征航。

扬帆舟楫起，豪情万丈，壮志千行。大鹏展，扶摇万里穿苍。继续谦虚谨慎，图强上、斗志昂扬。新年奋，中华飞捷，牛自奋蹄冈。

临江仙·抗疫与过年

送语千家春节，吹香良夜微风。消除贫困百年冲，过年原地好，防疫破邪疯。

年里汤圆甜蜜，人间鱼肉香融。酒醒今夜尽情浓，云中春晚乐，楹帖送春红。

浣溪沙·就地过年

添岁呈祥各地民，过年原地秀新春。上云频视拜年纷。

村里称心多好事，山中游子醉良辰。故乡情，除夕喜，过年欣。

采桑子·春游沪上苏州河

苏州河貌新天地，河岸悠闲。河岸悠闲，越发迷人，车水马龙环。

春游水上银鸥见，十八湾娴。十八湾娴，河畔风光、段段景仙颜。

青玉案·如期完成脱贫

消除绝对贫穷户，近一亿、贫穷去。制度优良人类睹，八年拼斗。一朝歌舞，唯有神州处。

八年风雨攻坚路，万里江山古今楚。试问扶贫艰几许，水汹山陡。地荒虫堵。云里悬崖露。

生查子·元宵节

十五月儿圆，问候元宵好。一声快乐安，如意呈祥早。

花影月流辉，伴月元宵闹。抗疫脱贫奇，吉祥汤圆枣。

菩萨蛮·瑶族旅游脱贫

兰溪古寨瑶居老，明清建筑长存好。党领走丰康，洗泥节①貌芳。

舞龙狮耍事，武术摸鱼喜。游客小车来，村民欢笑孩。

注释

①洗泥节：又叫苦瓜节，是瑶族特有的风俗。

蝶恋花·乡村振兴

振兴乡村民族好，扶困攻坚，胜利完成了。文件一号公布早，特殊意义时机巧。

守住返贫红线扫，粮食安全，抓住非常宝。重大措施安稳道，宜居富裕农村窈。

忆江南·江南桥美

江南美，河上古桥千。山色风前清澈水，舟声桥下去来川，回首已千年。

春雨后，月落鸟啼烟。流水人家桥倒影，画桥杨柳水乡船，风景醉人仙。

江城子·高兴地老去

雨狂枯落叶无穷，瑟秋风，染丹枫。满地金黄、枫叶却浓红。秋叶烟飞还久许？人总老，晚阳匆。

夕阳温煦笑馨容，落西宫，静神聪。浅唱低谦、没了艳阳冲。快乐自安西下去，怡淡定，坦然翁。

临江仙·扶贫胜利后

跨越千年历史，奋蹄万里征程。扶贫完后再前行，淡云舟去远，明月雪消琼。

承诺共同富裕，红船寄托心声。初心牢记党风诚，康强中国路，两个百年征。

菩萨蛮·脱贫全胜

山河依旧人间换，千年梦想今朝见。命运改弦芳，攻坚脱困乡。

征途沧海瀚，战地黄花灿。彪炳史书章，地球奇迹光。

风入松·彪炳史册

脱贫摘帽万千乡，百姓安康。彪文史册神奇迹，已消除、绝对穷庄。沙漠大风地险，雪霜急雨时常。

创新开拓脱贫忙，事业无双。减贫人类千年史，至而今、中国前方。两袖卷高辛苦，一腔热血芬芳。

诗韵心声

· 193 ·

夏云峰·1954 年公路通西藏

雪山峰，高寒地、荒漠冻土冰封。闲日老鹰盘绕，满岭荆丛。白云残雪，陡峭道、似上天宫。共产党、开天辟地，时建奇功。

英雄军队修冲，志登天、劈斩峰险云中。生死置之度外，血染高空。魂归山谷，稀少氧、险阻千重。勇猛一、甘成路石，拉萨车通。

满庭芳·人民就是江山

石库门中，天安门里，百年坎坷艰千。人心背向，成败已知前。砥砺百年奋进，初心记、依靠民肩。中华崛，亿民康乐，共产党旗翩。

疫情消阻早，神州大地，沧海良田。共同富，攻坚脱困沟边。各族人民团结，共产党、至上民先。江山是，人民就是，无往不胜坚。

诉衷情·廉洁自律

百年一路走来艰，无数险恶环。不移其志其节，勇往向前攀。

忧百姓，辩忠奸，视民天，敢于纠错。当个清官，诚实廉前。

声声慢·扶贫抗疫为人民

时光飞逝，世事变迁，初心牢记心田。百姓安康生活，点点心连。克难攻坚无畏，向人民、承诺惊天。一项项、利民工程事，落实民间。

扑下身心拼命，一道道、鸿沟跨越身边。漠壁荒滩多少，竭尽心千。摘帽脱贫实现，破凶年、抗疫身先。闯关隘、让人民生活，日日欢翩。

夜飞鹊·毋忘他人帮助

人生是非绕，风雨冰霜，斜月对酒疏狂。依然一笑春日暖，悲欢离合寻常。人情沁凉薄，叹回头始觉，人走茶凉。时光易逝，寿虽高，百岁而殇。

沿路太多颠簸，珍惜困难时，帮助毋忘。生命匆忙过客，人情冷暖，甜苦酸尝。庭前花落，向朝阳、快乐人康。但心扉开敞、抛开气恼，享受芬芳。

鹤冲天·2021 年新征程

春回大地，奋进神州步。过去一年搏，艰难路。获胜来不易，人民上、牺牲付。瞩目全球睹，最先取得，抗疫脱贫胜巨。

扬帆奋楫新征赴，牛劲牛力使，攻坚处。不怕狂涛滚，须记得、来时语。永记初心去，只争朝夕，奋勇苦干奇遇。

诗韵心声

醉太平·滹河又见碧

一泓碧水，翩跹鸟起。以前曾涸断流毁，一经修复喜。

滹沱河又见芳卉，波荡漾，涛逶迤。最美春天叶葳蕤，水清波泛醉。

念奴娇·"十四五"开启

波澜壮阔，见征程万里，永无停步。前个五年收获满，十四五开航赴。气壮山河，波光风月，前进飞龙舞。心潮澎湃，九州冲荡势吐。

壮士断腕雄心，创新开拓，美丽蓝图布。步伐铿锵风雨下，全国一盘棋举。挑战凶多，春风长乐，新的关山路。倾情书写，征程催进无阻。

鹧鸪天·乡村振兴

和暖春光绿草连，人居环境美姿川。翠山杨柳花红地，芳草溪流水碧天。

盈笑语，气清妍，福多溢满众民仙。乡村振兴中央好，保障民生政策先。

临江仙·古田会议永放光芒

　　画角黄花血洒，征旗红袖戈挥。回头军纪古田推，党挥枪路线，开启兴军扉。

　　军队脱胎换骨，燎原星火纷飞。军旗跟住党旗辉，批评武器在，光照四方威。

临江仙·东北抗日联军

　　抗日联军东北战，忠魂殒骨青山。白山冰壮雪原天，击歼无数寇，杨靖宇磐艰。

　　八女重围投江烈，染红东北林川。饥肠树叶草根填，白山乌水，英气永萦仙。

临江仙·遵义会议光芒

　　贵州遵义红军会，匡扶革命辛艰。敌人围堵急攻千，败亡生死点，伟大转危安。

　　拨开迷雾阳光见，攸关生死毛磐。三天遵义会擎天，闯开新路，思想永向前。

清平乐·老同学再见面

皱纹增绕，渐变呆迟脑。梦里年轻携手笑，梦醒憾嗟衰老。

去岁聚会身康，今年几处创伤。三月相逢雨色，年令到了无常。

木兰花令·抗疫英雄回武汉

最好客人来武汉，花树殷勤年不见。回去岁，上征艰，武城抗魔携手捍。

如约白衣回楚地，今日樱花江汉醉。英雄武汉赏樱花，风雨一舟情永记。

蝶恋花·乡村振兴

北雁南飞天际悄，俯瞰江南，绿水环城绕。烟雨花红水乡貌，桑田柳绿人情好。

控源除污清河道，振兴乡村、再见清波草。奋楫扬帆起航早，高歌远近欢声笑。

临江仙·学习焦裕禄

泡桐亭亭英姿树，夸谈诉说英雄。缅怀焦裕禄千功，风沙治理，日月换星空。

杀出路来消三害①，分忧为党拼冲。藤椅诉说病危凶，治风沙处，身倒下临终。

注释

①三害：指内涝、风沙、盐碱。

画堂春·春分

春分风树雨丝常，乡村农事忙。见枝头历历花芳，蜂恋馨香。

昼夜半分南北，草间虫响田庄。燕归盘绕旧巢堂，烟絮飞茫。

武陵春·脱贫山乡巨变

除掉穷根沙漠变，一片美花香。巨变山村锦绣乡，处处展新妆。

奇迹人间千载有，脱困国家康。旧貌新颜色彩芳，大地上、舞歌狂。

天仙子·苏州河岸五区美

领略苏州河岸美，络绎游人前往醉。苏河流过五区弯，姿各异。容颜翠，黄浦风光优秀史。

虹口岸边文化旎，对话静安银杏媚。普陀湾十八花园，苏堤玮。花迷你，长宁绿珠园处水。

虞美人·反腐在路上

贪赃枉法何时了，不法生多少。雷霆出击打蛆虫，反腐斗争永远、在途中。

党规党纪严明在，从未初心改。做官常想解民愁，使命在肩反腐、不能休。

离亭燕·嫦娥五号

五号嫦娥飞跨，登月带回泥下。征服月球人类梦，绕落返成功驾。亿万夜星穹，故事众多神话。

宫内婵娟欢迓，宫外列仙惊诧。多少献身科技事，举步心红华夏。步步走惊心，无数航天人画。

离亭晏·2020 年年底全国脱贫胜利

八载扶贫昼夜，全国脱贫惊诧。雪域悬崖戈棘断，峭壁滩头无怕。气盖万山峰，不漏一人农舍。

无数脱贫新画，千载此时中夏。多少扶贫攻坚事，尽入彪章佳话。梦想二零圆，新征航船帆挂。

双声子·奋斗百年

百年风雨，久贫山水，中共成立红舟。初心牢记，千秋勋业，前仆后继崎丘。灭魔军日寇，三大战，全国民投。朝鲜战，惨无睹。疆场骄敌哀求。

进城初，穷白基础起，艰难探索无休。成功开改，扶贫帮困，人民紧靠孺牛。百年争斗史，叹记载、英烈风流。红船又启新征，党旗带领无愁。

诗韵心声

桂枝香·峥嵘百年

　　峥嵘岁月，正跌宕惊心，中华危叶。怀抱千秋伟业，一船英烈。可歌可泣征程里，在红船、十几人决。井冈烽火，攸关遵义，党旗飘忽。

　　共产党、初心永凸，叹强渡乌江，多少英烈。千古长征，二万五千危绝。艰辛万里初心记，紧依人民胜常夺。初心使命，时时牢记，百年红阅。

玉楼春·诸暨马剑

　　秀水灵山诸暨地，马剑古风山水异。江南乡梦雾烟迷，日暮鸟飞云月起。

　　小镇风光奇丽美，四季花香生态媲。得天独秀古明清，不尽争奇村落起。

诗韵心声

小重山·北岸三古镇

　　烟雾迷蒙湖水清，淀山湖北岸、镇三呈。周庄完好水乡情，三色景、格外醉人萦。

　　西北锦溪亭，江南之最美、古窑晶。古桥三十六舟声，山湖镇、戏曲艺丰盈。

风入松·十届中国崇明花博会

　　崇明花博揭开纱，参展天涯。百花锦簇乡村美，水环连、绿草春花。蜂蝶舞风留住，水天明月千家。

　　博园英蕊美姿斜，水带鱼虾。花明春意悠然景，草花奇、展美中华。起伏地形阡陌，有情岛上烟霞。

诉衷情·祭扫烈士墓

　　庄严肃穆听红船，红色基因宣。翠松掩映亭下，先烈万千眠。

　　红土地，绿山川，话当年，百年烈士。千万忠臣，义薄云天。

满庭芳·鱼水情

　　秋雨缠绵，寒烟冷落，野鹰叫唤高巅。梧桐叶落，鸿雁绕盘旋。送走红军远去，长征路、鱼水情千。号声响，手携语久，恋恋爱心潺。

　　拥军承久远，军民团结，推倒三山。一家亲，深情似海民连。军队爱民事迹，长征种、播下红天。肝肠照，天涯咫尺，民爱似深川。

踏莎行·航天人

　　万户飞天，嫦娥奔月。登天梦想千年越，红云飞起照云霄，千钧核力冲天烈。

　　一朵云昏，千寻地渴。航天奉献韶华别，无垠沙漠守天涯，繁星闪烁天宫阅。

水龙吟·清明烈士墓前

　　清明时候纷纷雨，英烈祭、初心叙。长留天地，百年风雨，异乡归去。取义忘身，得仁为国，气吞湖渚。记英雄万千，烽狼岁月，精神永、留名宇。

　　生命年轻勇赴，舍身仁、鲜红旗舞。甘抛热血。小家不顾，抛头颅土。血雨腥风，赤诚情义，战场威武。继承英烈志，初心永葆，墓前常驻。

点绛唇·悼念曾权醒老师

　　噩耗惊闻，似沉雷落前窗抖。能言善逗，口若悬壶首。

　　下笔秀章，一唱歌声久。驾鹤走，雨愁云疚。泪洒春衫袖。

忆帝京·志愿军烈士遗骸回国

　　忠魂不泯英雄虎，烈士遗骸归祖。功绩照千秋，万古英名慕。抗美助朝冲，浩气长存舞。

　　回祖国、葬陵园墓，世代祭、精神长诉。气壮山河，魂归故里，不朽功绩芬芳栩。永远记心田，烈士光辉吐。

诗韵心声

后 记

在写诗填词道路上，我越走越远。明知自己写得不咋样，但仍然执迷不悟。每每有停笔念头，另一个声音却又响起。我知道已经欲罢不能了，反正路已不长，就这样地度日子罢了。

我所写的大部分内容是歌颂祖国、人民、共产党、改革开放、抗疫、扶贫，传播正能量。这个时代值得可歌可泣的人和事太多了，因为感动停不下笔来，因为感动一定要写出来，同时借以消磨退休时光。

我是愚者千虑，希望总有"一得"。常想自己快要进入耄耋之年了，给自己的一生做个总结，给自己的子孙树立奋进的榜样。借此《诗韵心声》一书，我要感谢所有支持、鼓励我在写诗道路上前进的亲朋好友们！

施昌林
2022 年 5 月于上海

诗韵心声